人间种种，都是生活

李羡林 著

北京联合出版公司
Beijing United Publishing Co.,Ltd.

只 为 优 质 阅 读

好
读

Goodreads

满窗浓绿，不时有一只绿色的虫子在上面慢慢地爬过去，令我幻想深山大泽中的行人。蜗牛爬过的痕迹就像是山间林中的蜿蜒的小路。

夜里梦到母亲，我哭着醒来。
醒来再想捉住这梦的时候，
梦却早不知道飞到什么地方去了。

我当时并不喜欢读书，也无意争强，
对大明湖蛤蟆的兴趣远远超过书本。

平常人是有不平，有偏见，
有小忧愁，小烦恼，
但心地善良、厚道、不会玩弄任何花招。

如果真有一个人，人人都说他好，
这个人很可能是一个极端圆滑的人，
圆滑到琉璃球都能长只脚的程度。

我真觉得，大千世界是美妙的。
我真觉得，人间是秀丽的。
我真觉得，生活是可爱的。

目 录

Contents

壹　自然，一个沉默的奇迹

结在海棠树下檐边中间的蜘蛛网，借了星星的微光，把影子投在天幕上。一切都是这样静。

贰　故乡，我那心爱的小月亮

我曾到过世界上将近三十个国家，我看过许许多多的月亮。但是，看到它们，我立刻就想到我故乡中那个苇坑上面和水中的那个小月亮。

叁　故事，藏在记忆深处

我曾在这里快乐过，苦恼过，追求过，幻灭过，动摇过，坚持过。这一座小城实际上决定了我一生要走的道路。

肆　故人，思念浮上心头

他们是那样温良、纯朴，时代的风风雨雨在他们身上，似乎没有留下什么痕迹，说白了就是没有留下伤痕。

伍　世事，随缘方得自在

这些芝麻绿豆般的小事是不折不扣的身边琐事，使我终生受用不尽。它有时候能激励我前进，有时候能鼓舞我振作。

陆　人生，心安即是归处

峰回路转，柳暗花明，他都碰到过。顺利与挫折，他都经受过。最后，他终于找到了自己的最好归宿。

壹……

自然，一个沉默的奇迹

结在海棠树下檐边中间的蜘蛛网，
借了星星的微光，把影子投在天幕上。
一切都是这样静。

神奇的丝瓜

今年春天，孩子们在房前空地上，斩草挖土，开辟出来了一个一丈见方的小花园。周围用竹竿扎了一个篱笆，移来了一棵玉兰花树，栽上了几株月季花，又在竹篱下面随意种上了几棵扁豆和两棵丝瓜。土壤并不肥沃，虽然也铺上了一层河泥，但估计不会起很大的作用，大家不过是玩玩而已。过了不久，丝瓜竟然长了出来，而且日益茁壮、长大。这当然增加了我们的兴趣。但是我们也并没有过高的期望。我自己每天早晨工作疲倦了，常到屋旁的小土山上走一走，站一站，看看墙外马路上的车水马龙和亚运会招展的彩旗，顾而乐之，只不过顺便看一看丝瓜罢了。

丝瓜是普通的植物，我也并没有想到会有什么神奇之处。可是忽然有一天，我发现丝瓜秧爬出了篱笆，爬上了楼墙。以后，每天看丝瓜，总比前一天向楼上爬了一大段；最后竟从一楼爬上了二楼，又从二楼爬上了三楼。说它每天长出半尺，绝非夸大之词。丝瓜的秧不过像细绳一般粗。如不注意，连它的根在什么地方，都找不到。这样细的一根秧竟能在一夜之间输送这样多的水分和养料，供应前方，使得上面的叶子长得又肥又绿，爬在灰白色的墙上，一片浓绿，给土墙增添了无限活力与生机。

这当然让我感到很惊奇，我的兴趣随之大大地提高。每天早晨看丝瓜成了我的主要任务。爬小山反而成为次要的了。我往往注视着细细的瓜秧和浓绿的瓜叶，陷入沉思，想得很远，很远……

又过了几天，丝瓜开出了黄花。再过几天，有的黄花就变成了小小的绿色的瓜。瓜越长越长，越长越大，重量当然也越来越增加，最初长出的那一个小瓜竟把瓜秧坠下来了一点，直挺挺地悬垂在空中，随风摇摆。我真是替它担心，生怕它经不住这一份重量，会整个地从楼上坠了下来落到地上。

然而不久就证明了，我这种担心是多余的。最初长出来的瓜不再长大，仿佛得到命令停止了生长。在上面，在三楼一位一百零二岁的老太太的窗外窗台上，却长出来了两个瓜。这两个瓜后来居上，发疯似的猛长，不久就长成了小孩胳膊一般粗了。这两个瓜加起来恐怕有五六斤重，那一根细秧怎么能承担得住呢？我又担心起来。没过几天，事实又证明了我是杞人忧天。两个瓜不知从什么时候忽然弯了起来，把躯体放在老太太的窗台上，从下面看上去，活像两个粗大变弯的绿色牛角。

不知道从哪一天起，我忽然又发现，在两个大瓜的下面，在二三楼之间，在一根细秧的顶端，又长出来了一个瓜，垂直地悬在那里。我又犯了担心病：这个瓜上面够不到窗台，下面也是空空的；总有一天，它越长越大，会把上面的两个大瓜也坠了下来，一起坠到地上，落叶归根，同它的根部聚合在一起。

然而今天早晨，我却看到了奇迹。同往日一样，我习惯地抬头看瓜：下面最小的那一个早已停止生长，孤零零地悬在空中，似乎一点分量都没有；上面老太太窗台上那两个大的，似乎长得更大了，威武雄壮地压在窗台上；中间的那一个却不见了。我看看地上，没有看到掉下来的瓜。等我倒退几步抬头再看时，却看到那一个我认为失踪了的瓜，平着身子躺在抗震加固时筑上的紧靠楼墙凸出的一个台子上。这真让我大吃一惊。这样一个原来垂直悬在空中的瓜怎么忽然平身躺在那里了呢？这个凸出的台子无论是从上面还是从下面都是无法上去的，绝不会有人把丝瓜摆平的。

我百思不得其解，徘徊在丝瓜下面，像达摩老祖一样，面壁参禅。我仿佛觉得这棵丝瓜有了思想，它能考虑问题，而且还有行动，它能让无法承担重量的瓜停止生长；它能给处在有利地形的大瓜找到承担重量的地方，给这样的瓜特殊待遇，让它们疯狂地长；它能让悬垂的瓜平身躺下。如果不是这样的话，无论如何也无法解释我上面谈到的现象。但是，如果真是这样的话，又实在令人难以置信。丝瓜用什么来思想呢？丝瓜靠什么来指导自己的行动呢？上下数千年，纵横几万里，从来也没有人说过，丝瓜会有思想。我左考虑，右考虑，越考虑越糊涂。我无法同丝瓜对话，这是一个沉默的奇迹。瓜秧仿佛成了一根神秘的绳子，绿叶子照旧浓翠扑人眉宇。我站在丝瓜下面，陷入梦幻。而丝瓜则似乎心中有数，无言静观，它怡然泰然悠然坦然，仿佛含笑面对秋阳。

夹竹桃

夹竹桃不是名贵的花，也不是最美丽的花；但是，对我说来，它却是最值得留恋最值得回忆的花。

不知道出于什么缘故，也不知道从什么时候起，在我故乡的那个城市里，几乎家家都种上几盆夹竹桃，而且都摆在大门内影壁墙下，正对着大门口。客人一走进大门，扑鼻的是一阵幽香，入目的是绿蜡似的叶子和红霞或白雪似的花朵，立刻就感觉到仿佛走进自己的家门口，大有宾至如归之感了。

我们家的大门内也有两盆，一盆红色的，一盆白色的。我小的时候，天天都要从这下面走出走进。红色的花朵让我想到火，白色的花朵让我想到雪。火与雪是不相容的；但是，这两盆花却融洽地开在一起，宛如火上有雪，或雪上有火。我顾而乐之，小小的心灵里觉得十分奇妙，十分有趣。

只有一墙之隔，转过影壁，就是院子。我们家里一向是喜欢花的；虽然没有什么非常名贵的花，但是常见的花却是应有尽有。每年春天，迎春花首先开出黄色的小花，报告春的消息。以后接着来的是桃花、杏花、海棠、榆叶梅、丁香，等等，院子里开得花团锦簇。到了夏天，更是满院葳蕤。凤仙花、石竹花、鸡冠花、五色梅、江西腊，等等，五彩缤纷，美不胜收。夜来香的香气熏透了整个夏夜的庭院，是我什么时候也不会忘记的。一到秋天，玉簪花带来凄清的寒意，菊花报告花事的结束。总之，一年三季，花开花落，没有间歇；情景虽美，变化亦多。

然而，在一墙之隔的大门内，夹竹桃却在那里静悄悄地一声不响，一朵花败了，又开出一朵；一嘟噜花黄了，又长出一嘟噜；在和煦的春风里，在盛夏的暴雨里，在深秋的清冷里，看不出什么特别茂盛的时候，也看不出什么特别衰败的时候，无日不迎风弄姿，从春天一直到秋天，从迎春花一直到玉簪花和菊花，无不奉陪。这一点韧性，同院子里那些花比起来，不是形成一个强烈的对照吗？

但是夹竹桃的妙处还不止于此。我特别喜欢月光下的夹竹桃。你站在它下面，花朵是一团模糊；但是香气却毫不含糊，浓浓烈烈地从花枝上袭了下来。它把影子投到墙上，叶影参差，花影迷离，可以引起我许多幻想。我幻想它是地图，它居然就是地图了。这一堆影子是亚洲，那一堆影子是非洲，中间空白的地方是大海。碰巧有几只小虫子爬过，这就是远渡重洋的海轮。我幻想它是水中的荇藻，我眼前就真的展现出一个小池塘。夜蛾飞过映在墙上的影子就是游鱼。我幻想它是一幅墨竹，我就真看到一幅画。微风乍起，叶影吹动，这一幅画竟变成活画了。

有这样的韧性，能这样引起我的幻想，我爱上了夹竹桃。

好多好多年，我就在这样的夹竹桃下面走出走进。最初我的个儿矮，必须仰头才能看到花朵。后来，我逐渐长高了，夹竹桃在我眼中也就逐渐矮了起来。等到我眼睛平视就可以看到花的时候，我离开了家。

我离开了家，过了许多年，走过许多地方。我曾在不同的地方看到过夹竹桃，但是都没有留下深刻的印象。

两年前，我访问了缅甸。在仰光开过几天会以后，缅甸的许多朋友热情地陪我们到缅甸北部古都蒲甘去游览。这地方以佛塔著名，有“万塔之城”的称号。据说，当年确有万塔。到了今天，数目虽然没有那样多了，但是，纵目四望，嶙嶙峋峋，群塔簇天，一个个从地里涌出，宛如阳朔群山，又像是云南的石林，用“雨后春笋”这一句老话，差堪比拟。虽然花草树木都还是绿的，但是时令究竟是冬天了，一片萧瑟荒寒气象。

然而就在这地方，在我们住的大楼前，我却意外地发现了老朋友夹竹桃。一株株都跟一层楼差不多高，以至我最初竟没有认出它们来。花色比国内的要多，除了红色的和白色的以外，记得还有黄色的。叶子比我以前看到的更绿得像绿蜡，花朵开在高高的枝头，更像片片的红霞、团团的白雪、朵朵的黄云。苍郁繁茂，浓翠逼人，同荒寒的古城形成了强烈的对比。

我每天就在这样的夹竹桃下走出走进。晚上同缅甸朋友们在楼上凭栏闲眺，畅谈各种各样的问题，谈蒲甘的历史，谈中缅文化交流，谈中缅两国人民的胞波的友谊。在这时候，远处的古塔渐渐隐入暮霭中，近处的几个古塔上却给电灯照得通明，望之如灵山幻境。我伸手到栏外，就可以抓到夹竹桃的顶枝。花香也一阵一阵地从下面飘上楼来，仿佛把中缅友谊熏得更加芬芳。

就这样，在对于夹竹桃的婉美动人的回忆里，又涂上了一层绚烂夺目的中缅人民友谊的色彩。我从此更爱夹竹桃。

海棠花

早晨到研究所去的路上，抬头看到人家的园子里正开着海棠花，缤纷烂漫地开成一团。这使我想到自己故乡院子里的那两棵海棠花，现在想也正是开花的时候了。

我虽然喜欢海棠花，但却似乎与海棠花无缘。自家院子里虽然就有两棵，枝干都非常粗大，最高的枝子竟高过房顶，秋后叶子落光了的时候，看到尖尖的顶枝直刺着蔚蓝悠远的天空，自己的幻想也仿佛跟着爬上去，常默默地看上半天；但是要到记忆里去搜寻开花时的情景，却只能搜到很少几个断片。搬过家来以前，曾在春天到原来住在这里的亲戚家里去讨过几次折枝，当时看了那开得团团滚滚的花朵，很羡慕过一番。但这已经是很久很久以前的事情，现在回忆起来都有点儿渺茫了。

家搬过来以后，自己似乎只在家里待过一个春天。当时开花时的情景，现在已想不真切。记得有一个晚上同几个同伴在家南边一个高崖上游玩，向北看，看到一片屋顶，其中纵横穿插着一条条的空隙，是街道。虽然也可以幻想出一片海浪，但究竟单调得很。可是在这一片单调的房顶中却蓦地看到一树繁花的尖顶，绚烂得像是西天的晚霞。当时我真有说不出的高兴，其中还夹杂着一点儿渴望，渴望自己能够走到这树下去看上一看。于是我就按着这一条条的空隙数起来，终于发现，那就是自己家里那两棵海棠树。我立刻跑下崖头，回到家里，站在海棠树下，一直站到淡红的花团渐渐消逝到黄昏里去，只朦胧留下一片淡白。

但是这样的情景只有过一次，其余的春天我都是在北京度过的。北京是古老的都城，尽有许多机会可以作赏花的韵事，但是自己却很少有这福气。我只到中山公园去看过芍药，到颐和园去看过一次木兰。此外，就是同一个老朋友在大毒日头下面跑过许多条窄窄的灰土街道到崇效寺去看过一次牡丹；又因为去得太晚了，只看到满地残英。至于海棠，不但是很少看到，连因海棠而出名的寺院似乎也没有听说过。北京的春天是非常短的，短到几乎没有。最初还是残冬，可是接连吹上几天大风，再一看树木都长出了嫩绿的叶子，天气陡然暖了起来，已经是夏天了。

夏天一来，我就又回到故乡去。院子里的两棵海棠已经密密层层地盖满了大叶子，很难令人回忆起这上面曾经开过团团滚滚的花。长昼无聊，我躺在铺在屋里面地上的席子上睡觉，醒来往往觉得一枕清凉，非常舒服。抬头看到窗纸上历历乱乱地布满了叶影。我间或也坐在窗前看点儿书，满窗浓绿，不时有一只绿色的虫子在上面慢慢地爬过去，令我幻想深山大泽中的行人。蜗牛爬过的痕迹就像是山间林中的蜿蜒的小路。就这样，自己可以看上半天。晚上吃过饭后，就搬了椅子坐在海棠树下乘凉，从叶子的空隙处看到灰色的天空，上面嵌着一颗一颗的星。结在海棠树下檐边中间的蜘蛛网，借了星星的微光，把影子投在天幕上。一切都是这样静。这时候，自己往往什么都不想，只让睡意轻轻地压上眉头。等到果真睡去半夜里再醒来的时候，往往听到海棠叶子窸窸窣窣地直响，知道外面下雨了。

似乎这样的夏天也没有能过几个。六年前的秋天，当海棠树的叶子渐渐地转成淡黄的时候，我离开故乡，来到了德国。一转眼，在这个小城里，就住了这么久。我们天天在过日子，却往往不知道日子是怎样过的。以前在一篇什么文章里读到这样一句话："我们从现在起要仔仔细细地过日子了。"当时颇有同感，觉得自己也应立刻从即时起仔仔细细地过日子了。但是过了一些时候，再一回想，仍然是有些捉摸不住，不知道日子是怎样过去的。到了德国，更是如此。我本来是下定了决心用苦行者的精神到德国来念书的，所以每天除了钻书本以外，很少想到别的事情。可是现实的情况又不允许我这样做。而且祖国又时来入梦，使我这万里外的游子心情不能平静。就这样，在幻想和现实之间，在祖国和异域之间，我的思想在挣扎着。不知道怎样一来，一下子就过了六年。

哥廷根是有名的花城。来到这里的第一个春天，这里花之多，就让我吃惊。雪刚融化，就有白色的小花从地里钻出来。以后，天气逐渐转暖，一转眼，家家园子里都挤满了花。红的、黄的、蓝的、白的，大大小小，五颜六色，锦似的一片，都不知道是什么时候开放的。山上树林子里，更有整树的白花。我常常一个人在暮春五月到山上去散步，暖烘烘的香气飘拂在我的四周。人同香气仿佛融而为一，忘记了花，也忘记了自己，直到黄昏才慢慢回家。但是我却似乎一直没注意到这里也有海棠花。原因是，我最初只看到满眼繁花，多半是叫不出名字。“看花苦为译秦名”，我也就不译了。因而也就不分什么花什么花，只是眼花缭乱而已。

但是，真像一个奇迹似的，今天早晨我竟在人家园子里看到盛开的海棠花。我的心一动，仿佛刚睡了一大觉醒来似的，蓦地发现，自己在这个异域的小城里住了六年了。乡思浓浓地压上心头，无法排解。

我前面说，我同海棠花无缘。现在我不知道应该怎样说好了，乡思并不是很舒服的事情。但是在这垂尽的五月天，当自己心里填满了忧愁的时候，有这么一团十分浓烈的乡思压在心头，令人感到痛苦。同时我却又爱惜这一点儿乡思，欣赏这一点儿乡思。它使我想到：我是一个有故乡和祖国的人。故乡和祖国虽然远在天边，但是现在他们却近在眼前。我离开他们的时间愈远，他们却离我愈近。我的祖国正在苦难中，我是多么想看到他呀！把祖国召唤到我眼前来的，似乎就是海棠花，我应该感激它才是。

想来想去，我自己也糊涂了。晚上回家的路上，我又走过那个园子去看海棠花。它依旧同早晨一样，缤纷烂漫地开成一团，它似乎一点儿也不理会我的心情。我站在树下，待了半天，抬眼看到西天正亮着同海棠花一样红艳的晚霞。

清塘荷韵

楼前有清塘数亩。记得三十多年前初搬来时，池塘里好像是有荷花的，我的记忆里还残留着一些绿叶红花的碎影。后来时移事迁，岁月流逝，池塘里却变得“半亩方塘一鉴开，天光云影共徘徊”，再也不见什么荷花了。

我脑袋里保留的旧的思想意识颇多，每一次望到空荡荡的池塘，总觉得好像缺点什么。这不符合我的审美观念。有池塘就应当有点绿的东西，哪怕是芦苇呢，也比什么都没有强。最好的最理想的当然是荷花。中国旧的诗文中，描写荷花的简直是太多太多了。周敦颐的《爱莲说》读书人不知道的恐怕是绝无仅有的。他那一句有名的“香远益清”是脍炙人口的。几乎可以说，中国没有人不爱荷花的。可我们楼前池塘中独独缺少荷花。每次看到或想到，总觉得是一块心病。

有人从湖北来，带来了洪湖的几颗莲子，外壳呈黑色，极硬。据说，如果埋在淤泥中，能够千年不烂。因此，我用铁锤在莲子上砸开了一条缝，让莲芽能够破壳而出，不至永远埋在泥中。这都是一些主观的愿望，莲芽能不能够出，都是极大的未知数。反正我总算是尽了人事，把五六颗敲破的莲子投入池塘中，下面就是听天命了。

这样一来，我每天就多了一件工作：到池塘边上去看上几次。心里总是希望，忽然有一天，“小荷才露尖尖角”，有翠绿的莲叶长出水面。可是，事与愿违，投下去的第一年，一直到秋凉落叶，水面上也没有出现什么东西。经过了寂寞的冬天，到了第二年，春水盈塘，绿柳垂丝，一片旖旎的风光。可是，我翘盼的水面上却仍然没有露出什么荷叶。此时我已经完全灰了心，以为那几颗湖北带来的硬壳莲子，出于人力无法解释的原因，大概不会再有长出荷花的希望了。我的目光无法把荷叶从淤泥中吸出。

但是，到了第三年，却忽然出了奇迹。有一天，我忽然发现，在我投莲子的地方长出了几个圆圆的绿叶，虽然颜色极惹人喜爱，但是却细弱单薄，可怜兮兮地平卧在水面上，像水浮莲的叶子一样。而且最初只长出了五六个叶片。我总嫌这有点太少，总希望多长出几片来。于是，我盼星星，盼月亮，天天到池塘边上去观望。有校外的农民来捞水草，我总请求他们手下留情，不要碰断叶片。但是经过了漫漫的长夏，凄清的秋天又降临人间，池塘里浮动的仍然只是孤零零的那五六个叶片。对我来说，这又是一个虽微有希望但究竟仍令人灰心的一年。

真正的奇迹出现在第四年上。严冬一过，池塘里又溢满了春水。到了一般荷花长叶的时候，在去年漂浮着五六个叶片的地方，一夜之间，突然长出了一大片绿叶，而且看来荷花在严冬的冰下并没有停止行动，因为在离开原有五六个叶片的那块基地比较远的池塘中心，也长出了叶片。叶片扩张的速度，扩张范围的扩大，都是惊人地快。几天之内，池塘内不小一部分，已经全为绿叶所覆盖。而且原来平卧在水面上的像是水浮莲一样的叶片，不知道是从哪里聚集来了力量，有一些竟然跃出了水面，长成了亭亭的荷叶。原来我心中还迟迟疑疑，怕池中长的是水浮莲，而不是真正的荷花。这样一来，我心中的疑云一扫而光：池塘中生长的真正是洪湖莲花的子孙了。我心中狂喜，这几年总算是没有白等。

天地萌生万物，对包括人在内的动植物等有生命的东西，总是赋予一种极其惊人的求生存的力量和极其惊人的扩展蔓延的力量，这种力量大到无法抗御。只要你肯费力来观摩一下，就必然会承认这一点。现在摆在我面前的就是我楼前池塘里的荷花。自从几个勇敢的叶片跃出水面以后，许多叶片接踵而至。一夜之间，就出来了几十枝，而且迅速地扩散、蔓延。不到十几天的工夫，荷叶已经蔓延得遮蔽了半个池塘。从我撒种的地方出发，向东西南北四面扩展。我无法知道，荷花是怎样在深水中淤泥里走动。反正从露出水面的荷叶来看，每天至少要走半尺的距离，才能形成眼前这个局面。

光长荷叶，当然是不能满足的。荷花接踵而至，而且据了解荷花的行家说，我门前池塘里的荷花，同燕园其他池塘里的，都不一样。其他地方的荷花，颜色浅红；而我这里的荷花，不但红色浓，而且花瓣多，每一朵花能开出十六个复瓣，看上去当然就与众不同了。这些红艳耀目的荷花，高高地凌驾于莲叶之上，迎风弄姿，似乎在睥睨一切。幼时读旧诗："毕竟西湖六月中，风光不与四时同。接天莲叶无穷碧，映日荷花别样红。"爱其诗句之美，深恨没有能亲自到杭州西湖去欣赏一番。现在我门前池塘中呈现的就是那一派西湖景象。是我把西湖从杭州搬到燕园里来了。岂不大快人意也哉！前几年才搬到朗润园来的周一良先生赐名为"季荷"。我觉得很有趣，又非常感激。难道我这个人将以荷而传吗？

前年和去年，每当夏月塘荷盛开时，我每天至少有几次徘徊在塘边，坐在石头上，静静地吸吮荷花和荷叶的清香。"蝉噪林逾静，鸟鸣山更幽。"我确实觉得四周静得很。我在一片寂静中，默默地坐在那里，水面上看到的是荷花绿肥、红肥。倒影映入水中，风乍起，一片莲瓣堕入水中，它从上面向下落，水中的倒影却是从下边向上落，最后一接触到水面，二者合为一，像小船似的漂在那里。我曾在某一本诗话上读到两句诗："池花对影落，沙鸟带声飞。"作者深惜第二句对仗不工。这也难怪，像"池花对影落"这样的境界究竟有几个人能参悟透呢？

晚上，我们一家人也常常坐在塘边石头上纳凉。有一夜，天空中的月亮又明又亮，把一片银光洒在荷花上。我忽听扑通一声，是我的小白波斯猫毛毛扑入水中，它大概是认为水中有白玉盘，想扑上去抓住。它一入水，大概就觉得不对头，连忙矫捷地回到岸上，把月亮的倒影打得支离破碎，好久才恢复了原形。

今年夏天，天气异常闷热，而荷花则开得特欢。绿盖擎天，红花映日，把一个不算小的池塘塞得满而又满，几乎连水面都看不到了。一个喜爱荷花的邻居，天天兴致勃勃地数荷花的朵数。今天告诉我，有四五百朵；明天又告诉我，有六七百朵。但是，我虽然知道他为人细致，却不相信他真能数出确实的朵数。在荷叶底下，石头缝里，旮旮旯旯，不知还隐藏着多少花骨朵儿，都是在岸边难以看到的。粗略估计，今年开了将近一千朵。真可以算是洋洋大观了。

连日来，天气突然变寒，好像是一下子从夏天转入秋天。池塘里的荷叶虽然仍然是绿油油一片，但是看来变成残荷之日也不会太远了。再过一两个月，池水一结冰，连残荷也将消逝得无影无踪。那时荷花大概会在冰下冬眠，做着春天的梦。它们的梦一定能够圆的。“既然冬天到了，春天还会远吗？”

我为我的“季荷”祝福。

枸杞树

在不经意的时候，一转眼便会有一棵苍老的枸杞树的影子飘过。这使我困惑。最先是去追忆：什么地方我曾看见这样一棵苍老的枸杞树呢？是在某处的山里吗？是在另一个地方的一个花园里吗？但是，都不像。最后，我想到才到北平时住的那个公寓；于是我想到这棵苍老的枸杞树。

我现在还能很清晰地温习一些事情：我记得初次到北平时，在前门下了火车以后，这古老都市的影子，便像一个秤锤，沉重地压在我的心上。我迷惘地上了一辆洋车，跟着木屋似的电车向北跑。远处是红的墙，黄的瓦。我是初次看到电车的；我想，“电”不是很危险吗？后面的电车上的脚铃响了；我坐的洋车仍然在前面悠然地跑着。我感到焦急，同时，我的眼仍然“如入山阴道上，应接不暇”，我仍然看到，红的墙，黄的瓦。终于，在焦急、又因为初踏入一个新的境地而生的迷惘的心情下，折过了不知多少满填着黑土的小胡同以后，我被拖到西城的某一个公寓里去了。我仍然非常迷惘而有点儿近于慌张，眼前的一切都仿佛给一层轻烟笼罩起来似的。我看不清院子里有什么东西，我甚至也没有看清我住的小屋。黑夜跟着来了，我便糊里糊涂地睡下去，做了许许多多离奇古怪的梦。

虽然做了梦，但是却没有能睡得很熟。刚看到窗上有点儿发白，我就起来了。因为心比较安定了一点儿，我才开始看得清楚：我住的是北屋，屋前的小院里，有不算小的一缸荷花，四周错落地摆了几盆杂花。我记得很清楚：这些花里面有一棵仙人头，几天后，还开了很大的一朵白花，但是最惹我注意的，却是靠墙长着的一棵枸杞树，已经长得高过了屋檐，枝干苍老钩曲，像千年的古松，树皮皱着，色是黝黑的，有几处已经开了裂。幼年在故乡的时候，常听人说，枸杞树是长得非常慢的，很难成为一棵树。现在居然有这样一棵虬干的老枸杞树站在我面前，真像梦；梦又掣开了轻渺的网，我这是站在公寓里吗？于是，我问公寓的主人，这枸杞有多大年龄了，他也渺茫：他初次来这里开公寓时，这树就是现在这样，三十年来，没有多少变动。这更使我惊奇，我用惊奇的眼光注视着这苍老的枝干在沉默着，又注视着接连着树顶的蓝蓝的长天。

就这样，我每天看书乏了，就总到这棵树底下徘徊。在细弱的枝条上，蜘蛛结了网，间或有一片树叶儿或苍蝇蚊子之流的尸体粘在上面。在有太阳或灯光照上去的时候，这小小的网也会反射出细弱的清光来。倘若再走近一点儿，你又可以看到许多叶上都爬着长长的绿色的虫子，在爬过的叶上留了半圆的缺口。就在这有着缺口的叶片上，你可以看到各样的斑驳陆离的彩痕。对了这彩痕，你可以随便想到什么东西：想到地图，想到水彩画，想到被雨水冲过的墙上的残痕，再玄妙一点儿，想到宇宙，想到有着各种彩色的迷离的梦影。这许许多多的东西，都在这小的叶片上呈现给你。当你想到地图的时候，你可以任意指定一个小的黑点儿，算作你的故乡。再大一点儿的黑点儿，算作你曾游过的湖或山，你不是也可以在你心的深处浮起点儿温热的感觉吗？这苍老的枸杞树就是我的宇宙。不，这叶片就是我的全宇宙。我替它把长长的绿色的虫子拿下来，摔在地上。对着它，我描画着自己种种涂着彩色的幻象。我把我的童稚的幻想，拴在这苍老的枝干上。

在雨天，牛乳色的轻雾给每件东西涂上一层淡影。这苍黑的枝干更显得黑了。雨住了的时候，有一两个蜗牛在上面悠然地爬着，散步似的从容。蜘蛛网上残留的雨滴，静静地发着光。一条虹从北屋的脊上伸展出去，像拱桥不知伸到什么地方去了。这枸杞的顶尖就正顶着这桥的中心。不知从什么地方来的阴影，渐渐地爬过了西墙。墙隅的蜘蛛网，树叶浓密的地方仿佛把这阴影捉住了一把似的，渐渐地黑起来。只剩了夕阳的余晖返照在这苍老的枸杞树的圆圆的顶上，淡红的一片，熠耀着，俨然如来佛头顶上金色的圆光。

以后，黄昏来了，一切角隅皆为黄昏所占领了。我同几个朋友出去到西单一带散步。穿过了花市，晚香玉在薄暗里发着幽香。不知在什么时候，什么地方，我曾读过一句诗：“黄昏里充满了木樨花的香。”我觉得很美丽。虽然我从来没有闻到过木樨花的香，虽然我明知道现在我闻到的是晚香玉的香。但是我总觉得我到了那种缥缈的诗意的境界似的。在淡黄色的灯光下，我们摸索着转近了幽黑的小胡同，走回了公寓。这苍老的枸杞树只剩下了一团凄迷的影子，靠北墙站着。

跟着来的是个长长的夜。我坐在窗前读着预备考试的功课。大头尖尾的绿色小虫，在糊了白纸的玻璃窗外有所寻觅似的撞击着。不一会儿，一个从缝里挤进来了，接着又一个，又一个。成群地围着灯飞。当我听到卖“玉米面饽饽”戛长的永远带点儿寒冷的声音，从远处的小巷里越过了墙飘了过来的时候，我便捻熄了灯，睡下去。于是又开始了同蚊子和臭虫的争斗。在静静的长夜里，忽然醒了，残梦仍然压在我心头，倘若我听到又有窸窣的声音在这棵苍老的枸杞树周围，我便知道外面又落了雨。我注视着这神秘的黑暗，我描画给自己：这枸杞树的苍黑的枝干该更黑了吧；那只蜗牛有所趋避该匆匆地在向隐僻处爬去吧；小小的圆的蜘蛛网，该又捉住雨滴了吧；这雨滴在黑夜里能不能静静地发着光呢？我做着天真的童话般的梦。我梦到了这棵苍老的枸杞树——这枸杞树也做梦吗？第二天早晨起来，外面真的还在下着雨。空气里充满了清新的沁人心脾的清香。荷叶上顶着珠子似的雨滴，蜘蛛网上也顶着，静静地发着光。

在如火如荼的盛夏转入初秋的澹远里去的时候，我这种诗意的，又充满了稚气的生活，终于不能继续下去。我离开这公寓，离开这苍老的枸杞树，移到清华园里来，到现在差不多四年了。这园子素来是以水木著名的。春天里，满园里怒放着红的花，远处看，红红的一片火焰。夏天里，垂柳拂着地，浓翠扑上人的眉头。红霞般的爬山虎给冷清的深秋涂上一层凄艳的色彩。冬天里，白雪又把这园子安排成为一个银的世界。在这四季，又都有西山的一层轻渺的紫气，给这园子添了不少的光辉。这一切颜色：红的，翠的，白的，紫的，混合地涂上了我的心，在我心里幻成一幅绚烂的彩画。我做着红色的，翠色的，白色的，紫色的，各样颜色的梦。论理说起来，我在西城的公寓做的童话般的梦，早该被挤到不知什么地方去了。但是，我自己也不了解，在不经意的时候，总有一棵苍老的枸杞树的影子飘过。飘过了春天的火焰似的红花；飘过了夏天的垂柳的浓翠；飘过了红霞似的爬山虎，一直到现在，是冬天，白雪正把这园了装成银的世界。混合了氤氲的西山的紫气，静定在我的心头。在一个浮动的幻影里，我仿佛看到：有夕阳的余晖返照在这棵苍老的枸杞树的圆圆的顶上，淡红的一片，熠耀着，像如来佛头顶上的金光。

咪咪

我现在越来越不了解自己了。我原以为自己不是多愁善感的人，内心还是比较坚强的。现在才发现，这只是一个假象，我的感情其实脆弱得很。

八年以前，我养了一只小猫，取名咪咪。她大概是一只波斯混种的猫，全身白毛，毛又长又厚，冬天胖得滚圆。额头上有一块黑黄相间的花斑，尾巴则是黄的。总之，她长得非常逗人喜爱。因为我经常给她些鱼肉之类的东西吃，她就特别喜欢我。有几年的时间，她夜里睡在我的床上。每天晚上，只要我一铺开棉被，盖上毛毯，她就急不可待地跳上床去，躺在毯子上。我躺下不久，就听到她打呼噜——我们家乡话叫“念经”——的声音。半夜里，我在梦中往往突然感到脸上一阵冰凉，是小猫用舌头来舔我了，有时候还要往我被窝儿里钻。偶尔有一夜，她没有到我床上来，我顿感空荡寂寞，半天睡不着。等我半夜醒来，脚头上沉甸甸的，用手一摸：毛茸茸的一团，心里有说不出来的甜蜜感，再次入睡，如游天宫。早晨一起床，吃过早点，坐在书桌前看书写字。这时候咪咪决不再躺在床上，而是一定要跳上书桌，趴在台灯下面我的书上或稿纸上，有时候还要给我一个屁股，头朝里面。有时候还会摇摆尾巴，把我的书页和稿纸摇乱。过了一些时候，外面天色大亮，我就把咪咪和另外一只纯种“国猫”，名叫虎子的黑色斑纹的“土猫”放出门去，到湖边和土山下草坪上去吃点青草，就地打几个滚儿，然后跟在我身后散步。我上山，她们就上山；我走下来，她们也跟下来。猫跟人散步是极为稀见的，因此成为朗润园一景。这时候，几乎每天都碰到一位手提鸟笼遛鸟的老退休工人，我们一见面，就相对大笑一阵：“你在遛鸟，我在遛猫，我们各有所好啊！”我的一天，往往就是在这种情况下开始的。其乐融融，自不在话下。

大概在一年以前，有一天，咪咪忽然失踪了。我们全家都有点着急。我们左等，右等；左盼，右盼，望穿了眼睛，只是不见。在深夜，在凌晨，我走了出来，瞪大了双眼，尖起了双耳，希望能在朦胧中看到一团白色，希望能在万籁俱寂中听到一点声息。然而，一切都是枉然。这样过了三天三夜，一个下午咪咪忽然回来了。雪白的毛上沾满了杂草，颜色变成了灰突突的，完全一副狼狈不堪的样子。一头闯进门，直奔猫食碗，狼吞虎咽，大嚼一通。然后跳上壁橱，藏了起来，好半天不敢露面。从此，她似乎变了脾气，拉尿不知，有时候竟在桌子上撒尿和拉屎。她原来是一只规矩温顺的小猫咪，完全不是这样子的。我们都怀疑，她之所以失踪，是被坏人捉走了的，想逃跑，受到了虐待，甚至受到捶挞，好不容易，逃了回来，逃出了魔掌，生理上受到了剧烈的震动，才落了一身这样的坏毛病。

我们看了心里都很难受。一个纯洁无辜的小动物，竟被折磨成这个样子，谁能无动于衷呢？可是我又有什么办法？我是最喜爱这个小东西的，心里更好像是结上了一个大疙瘩，然而却是爱莫能助，眼睁睁地看她在桌上的稿纸上撒尿。但是，我决不打她。我一向主张，对小孩子和小动物这些弱者，动手打就是犯罪。我常说，一个人如果自认还有一点力量、一点权威的话，应当向敌人和坏人施展，不管他们多强多大。向弱者发泄，算不上英雄汉。

然而事情发展却越来越坏，咪咪任意撒尿和拉屎的频率增强了，范围扩大了。在桌上，床下，澡盆中，地毯上，书上，纸上，只要从高处往下一跳，尿水必随之而来。我以耄耋衰躯，匍匐在床下桌下向纵深的暗处去清扫猫屎，钻出来以后，往往喘上半天粗气。我不但毫不气馁，而且大有乐此不疲之慨，心里乐滋滋的。我那年近九旬的老祖笑着说："你从来没有给女儿、儿子打扫过屎尿，也没有给孙子、孙女打扫过，现在却心甘情愿服侍这一只小猫！"我笑而不答。我不以为苦，反以为乐。这一点我自己也解释不清楚。

但是，事情发展得比以前更坏了。家人忍无可忍，主张把咪咪赶走。我觉得，让她出去野一野，也许会治好她的病，我同意了。于是在一个晚上把咪咪送出去，关在门外。我躺在床上，辗转反侧，再也睡不着。后来蒙眬睡去，做起梦来，梦到的不是别的什么，而是咪咪。第二天早晨，天还没有亮，我拿着手电筒到楼外去找。我知道，她喜欢趴在对面居室的阳台上。拿手电筒一照，白白的一团，咪咪蜷伏在那里，见到了我咪噢叫个不停，仿佛有一肚子委屈要向我倾诉。我听了这种哀鸣，心酸泪流。如果猫能做梦的话，她梦到的必然是我。她现在大概怨我太狠心了，我只有默默承认，心里痛悔万分。

我知道，咪咪的母亲刚刚死去，她自己当然完全不懂这一套，我却是懂得的。我青年丧母，留下了终天之根。年近耄耋，一想到母亲，仍然泪流不止。现在竟把思母之情移到了咪咪身上。我心跳手颤，赶快拿来鱼饭，让咪咪饱餐一顿。但是，没有得到家人的同意，我仍然得把咪咪留在外面。而我又放心不下，经常出去看她。我住的朗润园小山重叠，林深树茂，应该说是猫的天堂。可是咪咪硬是不走，总卧在我住宅周围。我有时晚上打手电筒出来找她，在临湖的石头缝中往往能发现白色的东西，那是咪咪。见了我，她又咪噢直叫。她眼睛似乎有了病，老是泪汪汪的。她的泪也引起了我的泪，我们相对而泣。

我这样一个走遍天涯海角饱经沧桑的垂暮之年的老人，竟为这样一只小猫而失神落魄，对别人来说，可能难以解释，但对我自己来说，却是很容易解释的。从报纸上看到，定居台湾的老友梁实秋先生，在临终前念念不忘的是他的猫。我读了大为欣慰，引为“同志”，这也可以说是“猫坛”佳话吧。我现在再也不硬充英雄好汉了，我俯首承认我是多愁善感的。咪咪这样一只小猫就戳穿了我这一只“纸老虎”。我了解到了自己的本来面目，并不感到有什么难堪。

现在，我正在香港讲学，住在中文大学会友楼中。此地背山面海，临窗一望，海天混茫，水波不兴，青螺数点，帆影一片，风光异常美妙，园中有四时不谢之花，八节长春之草，兼又有主人盛情款待，我心中此时乐也。然而我却常有“山川信美非吾土”之感，我怀念北京燕园中我的家人，我的朋友，我的书房，我那堆满书案的稿子。我想到北国就要千里冰封、万里雪飘，“马后桃花马前雪，教人哪得不回头？”我归心似箭，决不会“回头”。特别是当我想到咪咪时，我仿佛听到她的咪噢的哀鸣，心里颤抖不停，想立刻插翅回去。小猫吃不到我亲手给她的鱼肉，也许大惑不解：“我的主人哪里去了呢？”猫们不会理解人们的悲欢离合。我庆幸她不理解，否则更会痛苦了。好在我留港时间即将结束，我不久就能够见到我的家人，我的朋友。燕园中又多了一个我，咪咪会特别高兴的，她的病也许会好了。北望云天万里，我为咪咪祝福。

火车上观日出

在晨光熹微中，我走出了卧铺车厢，走到了列车的走廊上。猛一抬头，我的全身连我的内心立刻激烈地震动了一下：东方正有一抹胭脂似的像月牙一般的红彤彤的东西腾涌出来。这是即将升起的朝阳，我心里想。

我年逾古稀，平生看日出多矣。有的是我有意去寻求的，比如泰山观日。整整五十年前，当时我还是一个青年小伙子，正在济南一个中学里教书。在旧历八月中秋，我约了两个朋友，从济南乘火车到泰安。当天下午我们就上了山。我只有二十三岁，正是精力旺盛的时候，我大跨步走过斗母宫、快活三里、五大夫松，一气登上了南天门，丝毫也没有感到什么吃力，什么惊险。此时正是暮色四垂、阴影布上群山的时候，四顾寂无一人，万古的沉寂压在我们身上。在一个鸡毛小店里住了一夜。第二天，摸黑起来，披上店里的棉被，登上玉皇顶。此时东天逐渐苍白。我瞪大了眼睛，连眨眼都不敢，盼望奇迹的出现。可是左等右等，我等待的奇迹太阳只是不露面。等到东天布满了一片红霞时，再仔细一看，朝阳已经像一个红色的血球，徘徊于片片的白云中了，原来太阳早已经出来了。

从那以后，过了四十多年，到了80年代初，我第一次登上了“归来不看岳”的黄山。在北海住了三天。我曾同小泓摸黑起床，赶到一座小山顶上，那里已经黑压压地挤满了人。我们好不容易挤了上去，在人堆里争取了一块容身之地，静下心来，翘首东望，恭候日出。东天原来是灰蒙蒙一片，只是比西方、南方、北方稍微显得白了亮了一点儿。但是，一转瞬间，亮度逐渐增高，由淡白转成了淡红，再由淡红转成了浓红，一片霞光照亮东天。再一转瞬，一芽红痕突然涌出，红痕慢慢向上扩大，由一点到一线，由一线到一片，一轮又圆又红的球终于跳出来了。

就这样，我在泰山和黄山这两座在全中国甚至全世界都以能观日出而声名远扬的名山上，看到了日出。是我自己处心积虑一意追求而得来的。

我现在是在火车上，既非泰山，也非黄山。我做梦也没有想到会同观赏日出联系起来，我一点儿寻求的意思也没有。然而，仿佛眼前出现了奇迹：摆在我眼前的是不折不扣的日出。我内心的震惊不是很自然的吗？

这样的日出，从来没有听人说观赏过，连听人谈到过都没有。它同以前处心积虑一意追求看到的不一样，完完全全地不一样。不管在泰山，还是在黄山，我都是静止不动的。太阳虽然动，也只是在一个地方动，她安详自在，慢条斯理，威严端重，不慌不忙。她在我眼中是崇高的化身，是威仪的重现。正像印度大诗人泰戈尔每天早晨对着朝阳沉思默祷那样，太阳在我眼中也是神圣不可侵犯的。

然而现在却是另一番景象。火车风驰电掣，顷刻数里，一刻也不停。而太阳也是一刻也不停，穷追不舍。她仿佛是率领着白云、朝霞、沧海、苍穹，仿佛率领着她那些如云的随从，追赶着火车，追赶着车上的我，过山，过水，过森林，过小村。有时候我甚至看到她鬓云凌乱，衣冠不整。原来的端庄威严，安详自在，一点儿影子都没有了。是她在处心积虑，一意追求，追求着火车上的我，一定要我观看她的出现。此时我的心情简直是用任何言语也形容不出来了。

太阳一方面穷追不舍，一方面自己在不停地变幻。最初我只看到在淡红色的云堆中慢慢地涌出了一点儿红色月牙似的东西。月牙逐渐扩大，扩大，扩大，最初的颜色像是朱砂，眼睛能够直视。但是，随着体积的逐渐扩大，朱砂逐渐变为黄金，光芒越来越亮，到了最后，辉光焜耀，谁要是再想看她，她的光芒就要刺他眼睛了。等到太阳高高升起的时候，她在天空里俯视大地，俯视火车，俯视火车中的我，她又恢复了她那端庄威严、安详自在的神态，虽然是仍然跟着火车走，却再也没有那种仓促急忙的样子了。

这短短的车上观日出的经历，对我来说，简直像是一次神秘的天启。它让我暂时离开了尘世，离开了火车，甚至离开了我自己。我体会到变中有不变，不变中又有变；我体会到变化与速度的交互融合，交互影响。这种体会，我是无法说清楚的。等我回到车厢内的时候，人们还在熟睡未醒。我仿佛怀着独得之秘，静静地坐在那里，回想刚才的一切，余味犹甘。一团焜耀的光辉还留在我的心中。

贰……

故乡，我那心爱的小月亮

我曾到过世界上将近三十个国家，
我看过许许多多的月亮。
但是，看到它们，我立刻就想到我故乡中
那个苇坑上面和水中的那个小月亮。

我的性格

我一生自认为是一个性格内向的人，一个上不得台盘的人。每次参加大会，在大庭广众中，浑身觉得不自在，总想找一个旮旯儿藏在那里，少与人打交道。“今天天气，哈，哈，哈”一类的话，我不愿意说；说出来也不地道。每每看到一些男女交际花，在人群中走来走去，如鱼得水，左边点头，右边哈腰，脸上做微笑状，纵横捭阖，折冲樽俎，得意扬扬，顾盼自雄，我真是羡慕得要死，可我做不到。我现在之所以被人看作社会活动家，甚至国际活动家，完全是环境造成的。是时势造“英雄”，我是一只被赶上了架的鸭子。

可是现在回想起来，我在新育小学时期，性格好像不是这个样子，一点也不内向，外向得很。我喜欢打架，欺负人，也被人欺负。有一个男孩子，比我大几岁，个子比我高半头，总好欺负我。最初我有点怕他，他比我劲大。时间久了，我忍无可忍，同他干了一架。他个子高，打我的上身。我个子矮，打他的下身。后来搂抱住滚在双杠下面的沙土堆里，有时候他在上面，有时候我在上面，没有决出胜负。上课铃响了，各回自己的教室。从此他再也不敢欺负我，天下太平了。

我却反过头来又欺负别的孩子。被我欺负最厉害的是一个名叫刘志学的小学生，岁数可能比我小，个头差不多，但是懦弱无能，一眼被我看中，就欺负起他来。根据我的体会，小学生欺负人并没有任何原因，也没有什么仇恨。只是个人有劲使不出，无处发泄，便寻求发泄的对象了。刘志学就是我寻求的对象，于是便开始欺负他，命令他跪在地下，不听就拳打脚踢。如果他鼓起勇气，抵抗一次，我也许就会停止，至少会收敛一些。然而他是个窝囊废，一丝抵抗的意思都没有。这当然更助长了我的气焰，欺负的次数和力度都增加了。刘志学家同婶母是拐弯抹角的亲戚。他向家里告状，他父母便来我家告状。结果是我挨了婶母一阵数落，这一幕悲喜剧才告终。

从这一件小事来看，我无论如何也不能算是一个内向的孩子。怎么会一下子转成内向了呢？这问题我从来没有想到过。现在忽然想起来了，也就顺便给它一个解答。我认为，《三字经》中有两句话："性相近，习相远。""习"是能改造"性"的。我六岁离开母亲，童心的发展在无形中受到了阻碍。我能躺在一个非母亲的人的怀抱中打滚撒娇吗？这是不能够想象的。我不能说叔婶虐待我，那样说是谎言；但是在日常生活中小小的歧视，却是可以感觉得到的，比如说，做衣服，有时就不给我做。在平常琐末的小事中，偏心自己的亲生女儿，这也是人之常情，不足为怪。一个七八岁的孩子对于这些事情并不敏感。但是，积之既久，在自己潜意识中难免留下些印记，从而影响到自己的行动。我清晰地记得，向婶母张口要早点钱，在我竟成了难题。有一个夏天的晚上，我们都在院子里铺上席，躺在上面纳凉。我想到要早点钱，但不敢张口，几次欲言又止，最后时间已接近深夜，才鼓起了最大的勇气，说要几个小制钱。钱拿到手，心中狂喜，立即躺下，进入梦乡，睡了一整夜。对一件事来说，这样的心理状态是影响不大的，但是时间一长，性格就会受到影响。我觉得，这个解释是合情合理的。

我在这里必须补充几句。我为什么能够从乡下到济南来呢？原因极为简单。我的上一辈大排行兄弟十一位，行一的大大爷和行二的二大爷是亲兄弟，是举人的儿子。我父亲行七，叔父行九，还有一个十一叔，是一母一父所生。最后一个因为穷，而且父母双亡，送给了别人，改姓刁。其余的行三四五六八十的都因穷下了关东，以后失去了联系，不知下落。留下的五个兄弟，大大爷有一个儿子，早早死去。我生下来时，全族男孩就我一个，成了稀有金属，传宗接代的大任全压在我一个人身上。在我生前很多年，父亲和九叔不到二十岁的时候，失怙失恃，无衣无食，兄弟俩被迫到济南去闯荡，经过了千辛万苦，九叔立定了脚跟。我生下来六岁时，把我接到济南。如果当时他有一个男孩的话，我是到不了济南的。如果我到不了济南，也不会有今天的我。我大概会终生成为一个介乎贫雇农之间的文盲，也许早已不在人世，墓木久拱了。所以我毕生感谢九叔。上面说到的那一些家庭待遇，并没有逾越人情的常轨，我并不怀恨在心。不过，既然说到我的小学和我的性格，不得不说说而已。

夜来香开花的时候

夜来香开花的时候，我想到王妈。我不能忘记，在我刚走出童年的几年中，不知道有几个夏夜里，当闷热渐渐透出了凉意，我从飘忽的梦境里转来的时候，往往可以看到窗纸上微微有点白；再一沉心，立刻就有嗡嗡的纺车的声音，混着一阵阵的夜来香的幽香，流了进来。倘若走出去看的话，就可以看到，一盏油灯放在夜来香丛的下面，昏黄的灯光照彻了小院，把花高大支离的影子投在墙上，王妈坐在灯旁纺着麻，她的黑而大的影子也被投在墙上，合了花的影子在晃动着。

她是老了。我不知道她什么时候到我们家里来的。当我从故乡里来到这个大都市的时候，我就看到她已经在我们家里来来往往地做着杂事。那时，已经似乎很老了。对我，从那时到现在，是一个从莫名其妙的朦胧里渐渐走到光明的一段。最初，我看到一切事情都像隔了一层薄纱。虽然到现在这层薄纱也没能撤去，但渐渐地却看到了一点光亮，于是有许多事情就不能再使我糊涂。就在这从朦胧到光亮的一段里，我们搬过两次家。第一次搬到一条歪曲铺满了石头的街上。王妈也跟了来。房子有点旧，墙上满是雨水的渍痕。只有一个窗子的屋里白天也是暗沉沉的。我童年的大部分的时间就在这黑暗屋里消磨过去。院子里每一块土地都印着我的足迹。现在我还能清晰地记起来屋顶上在秋风里颤抖的小草，墙角檐下挂着的蛛网。但倘若笼统想起来的话，就只剩一团苍黑的印象了。

倘若我的记忆可靠的话，在我们搬到这苍黑的房子里第二年的夏天，小小的院子里就有了夜来香。当时颇有一些在一起玩的小孩，往往在闷热的黄昏时候聚在一块儿，仰卧在席上数着天空里飞来飞去的蝙蝠。但是最引我们注意的却是夜来香的黄花——最初只是一个长长的花苞，我们目不转睛地注视着它。还不开，还不开，蓦地一眨眼，再看时，长长的花苞已经开放成伞似的黄花了。在当时的心里，觉得这样开的花是一个奇迹。这花又毫不吝惜地放着香气。王妈也很高兴。每天她总把所有开过的花都数一遍。当她数着的时候，随时有新的花在一闪一闪地开放着。她眼花缭乱，数也数不清。我们看了她慌张而又用心的神情，不禁一哄而笑起来。就这样每一个黄昏都在奇迹和幽香里度过去。每一个夜跟着每一个黄昏走了来。在清凉的中夜里，当我从飘忽的梦境里转来的时候，就可以看到王妈的投在墙上的黑而大的影子在合着夜来香的影子晃动了。

就在这样一个环境里，我第一次觉得我的眼前渐渐地亮起来。以前我看王妈只像一个影子。现在我才发现她也同我一样的是一个活动的人。但是我仍然不明了她的身世。在小小的心灵里，我并想不到她这样大的年纪出来做佣工有什么苦衷；我只觉得她同我们住在一起，就是我们家里的一个人，她也应该同我们一样地快活。童稚的心岂能知道世界上还有不快活的事情吗？

在初秋的暴雨里，我看到她提着篮子出去买菜；在严冬大雪的早晨，我看到她点着灯起来生炉子，冷风把她的手吹得红萝卜似的开了裂，露出鲜红的肉来。我永远忘不掉这两只有着鲜红裂口的手！她有自己的感情，自己的脾气，这些都充分表示出一个北方农民的固执与倔强。但我在黄昏的灯下却常听到她不时吐出的叹息了。我从小就是孤独的。在我小小的心里，一向感觉到缺少点什么。我虽然从没叹息过，但叹息却堆在我的心里。现在听了她的叹息，我的心仿佛得到被解脱的痛快。我愿意听这样的低咽的叹息从这垂老的人的嘴里流出来。在她，不知因为什么，闲下来的时候，也总爱找着我说话。她告诉我，她的丈夫是她们村里唯一的秀才，但没能捞上一个举人就死去了。她自己被家里的妯娌们排挤，不得已才出来做佣工。有一个儿子，因为乡里没有饭吃，到关外做买卖去了。留下一个媳妇在这大城市里，似乎也不大正经。她又告诉我，她年轻的时候，怎样刚强，怎样有本领，和许多别的美德；但谁又知道，在垂老的暮年又被迫着走出来谋生，只落得几声叹息呢？

以后，这叹息就时时可以听到。她特别注意到我衣服寒暖。在冬天里，她替我暖，在夏夜里，她替我用大芭蕉扇赶蚊子。她仍然照常地提着篮子出去买菜，冬天早晨用开了鲜红裂口的手生炉子。当夜来香开花的时候，又可以看到她郑重其事地数着花朵。但在不寐的中夜里，晚秋的黄昏里，却连续听到她的叹息，这叹息在沉寂里回荡着，更显得凄冷了。她仿佛时常有话要说。被迫问的时候，却什么也不说，脸上只浮起一片惨笑。有时候有意与无意之间，又说到她年轻时候的倔强，她的秀才丈夫。往往归结说到她在关外做买卖的儿子。我们都可以看出来，这老人怎样把暮年的希望和幻想放在她儿子身上。我也曾替她写过几封信给她的儿子，但终于也没能得到答复。这老人心里的悲哀恐怕只有她一个人知道了。

不记得是哪一年，在夏天，又是夜来香开花的时候，她儿子来了信。信里说的，却并不像她想的那样满意，只告诉她，他在关外勤苦几年挣的钱都给别人骗走了；他因为生气，现在正病着，结尾说："倘若母亲还要儿子的话，就请汇钱给我回家。"这样一封信给她怎样的影响，我们大概都可以想象得出。连着叹了几口气以后，她并没说什么话，但脸色却更阴沉了。这以后，没有叹气，我们只看到眼泪。

我前面不是说，我渐渐从朦胧里走向光明里去吗？现在我眼前似乎更亮了。我看透了一些事情：我知道在每个人嘴角常挂着的微笑后面有着怎样的冷酷；我看出大部分的人都给同样黑暗的命运支配着。王妈就在这冷酷和黑暗的命运下呻吟着活下来。我看透了这老人的眼泪里有着无量的凄凉。我也了解了她的寂寞。

在这时候，我们又搬了一次家，只不过从这条铺满了石头的街的中间移到南头。王妈仍然跟了来。房子比以前好一点，再看不到四壁的雨痕和蜘蛛。每座屋子也都有了两个以上的窗子，而且窗子上还有玻璃。尤其使我满意的是西屋前面两棵高过房檐的海棠。时候大概是春天，因为才搬进来的时候，树上还开满着一团团的花。就在这一年的夏天，大概因为院子大了一点吧，满院里，除了一个大水缸养着子午莲和几十棵凤仙花和其他杂花以外，便只看到一丛丛的夜来香。我现在已经不是孩子，有许多地方要摆出安详的样子来；但在夏天的黄昏时候，却仍然做着孩子时候做的事情。我坐在院子里数着天上飞来飞去的蝙蝠。看着夜色慢慢织入夜来香丛里，一片朦胧的薄暗。一眨眼，眼前已经是一片黄黄的伞似的花了。跟着又有幽香流过来。夜里同蚊子打过了仗，好容易睡过去。各样的梦做过了以后，从飘忽的梦境里转来的时候，往往可以看到窗上有点白，听到嗡嗡的纺车的声音。走出去，就可以看到王妈黑而大的投在墙上的影子在合着夜来香的影子晃动了。

王妈更老了。但我仍然只看到她的眼泪。在她高兴的时候，她又谈到她的秀才丈夫，她的不大正经的儿媳妇，和她病倒在关外的儿子。她仍然提着篮子出去买菜，冬天老早起来生炉子，从她走路的样子上看来，她真有点老了；虽然她自己在别人说她老的时候还在竭力否认着。她有颗简单纯朴的心。因了年纪更大的关系，这颗心似乎就更纯朴简单。往往因为少得了一点所应得的东西，我们就可以看到她的干瘪了的嘴并拢在一起，腮鼓着。似乎要有什么话从里面流出来。然而在这样的情形下往往是没有什么流出的。倘若有人意外地给了她点什么，我们也可以意外地看到这老人从心里流出来的快意的笑了。她不会做荒唐的梦，极小的得失可以支配她的感情。她有一颗简单的心。

日子一天一天地过去，这寂寞的老人就在这寂寞里活下去。上天给了她一个爽直的性情，使她不会向别人买好，不会在应当转圈的时候转圈。因为这，在许多极琐碎的事情上，她给了别人一点小小的不痛快，她自己却得到一个更大的不痛快。这时候，我们就见她在把干瘪了的嘴并拢以后，又在暗暗地流着眼泪了。我们都知道，这眼泪并不像以前想到她儿子时的那眼泪那样有意义。这样的眼泪流多了，顶多不过表示她在应当流的泪以外，还有多余的泪，给自己一点轻松。泪流过了不久，就可以看到她高兴地在屋里来来往往地做着杂事了。她有一颗同孩子一样的简单的心。

在没搬家过来以前，我已经到一个在城外的四面满是湖田和荷池的学校里去读书，就住在那里。只在星期日回家一次。在学校里死沉的空气里住过六天以后，到家里觉得仿佛到了另一个世界。进门先看到王妈的欢乐的微笑。等到踏着暮色走回去的时候，心里竟觉得意外地轻松。这样的情形似乎也延长了不算很短的一个期间。虽然我自己的心情随时都有着变化，生活却显得惊人的单调。回看花开花落，听老先生沙着声念古文，拼命地在饭堂里抢馒头，感情冲动的时候，也热烈地同别人打架，时间也就慢慢地过去。

又忘记了是多少时候以后，是星期日，当时我从学校里走回家去的时候，我看到一个黄瘦、个儿很高的中年男子在替我们搬移着桌子之类的东西。旁人告诉我，这就是王妈的儿子。几个月以前她把储蓄了几年的钱都汇给他，现在他居然从关外回到家来了。但带回来的除了一床破棉被以外，就剩了一个有着几乎各类的一个他那样用自己的力量来换面包的中年人所能有的病的身子，和一双连霹雳都听不到的耳朵。但终于是个活人，是她的儿子，而且又终于回到家里来了。

王妈高兴。在垂暮的老年，自己的独子，从迢迢的塞外回到她跟前来，这样奇迹似的遭遇怎能不使她高兴呢？说到儿子的身体和病，她也会叹几口气，但儿子终究是儿子，这叹息掩不过她的高兴的，不久，她那不人正经的媳妇也不知从哪里名正言顺地找了来，于是一个小家庭就组成了。儿子显然不能再干什么重劳力的活儿了，但是想吃饭除了劳力之外又似乎没有第二条路可走。在我第二个星期回到家里来的时候，就看到她那说话也需要打手势的儿子在咳嗽着一出一进地挑着满桶的水卖钱了。

这以后，对王妈，对我们家里的人，有一个惊人的大转变。从她那里，我们再听不到叹息，看不到眼泪，看到的只有微笑。有时儿子买了一个甜瓜或柿子，甚至几个小小的梨，拿来送给母亲吃。儿子笑，不说话；母亲也笑，更不说话。我们都可以看出来这笑怎样润湿了这老人的心。每逢过节，或特别日子的时候，儿子把母亲接回家去。当吃完儿子特别预备的东西走回来的时候，这老人脸上闪着红光。提着篮子买菜也更带劲，冬天早晨也更起得早。生命对她似乎是一杯香醪。她高兴地活下去，没有了寂寞，也没有了凄凉，即便再说到她丈夫的时候，也只有含着笑骂一声："早死的死鬼！"接着就兴高采烈地夸起自己年轻时的美德来了。我们都很高兴。我们眼看着这老人用手捉住自己的希望和幻想。辛勤了几十年，现在这希望才在她心里开成了花。

日子又平静地过下去。微笑似乎没离开过她，这老人正做着一个天真的梦。就这样差不多过了一年的时间。中间我还在家里住了一个暑假，每天黄昏时候，躺在院子里的竹床上，数着天上的蝙蝠。夜来香每天照例一闪便开了。我们欣赏着花的香，王妈更起劲地像煞有介事似的数着每天开过的花。但在暑假过了以后，当我再每星期日从学校里走回家来的时候，我看到空气似乎有点不同。从王妈那里我又常听到叹息了。她又找着我说话，她告诉我，儿子常生病，又聋。虽然每天拼命挑水，在有点近于接受别人恩惠的情形下接了别人的钱，却连肚皮也填不饱。这使他只有更拼命；然而结果，在已经有了的病以外，又添了其他可能的新病。儿媳妇也学上了许多新的譬如喝酒抽烟之类的毛病。她丈夫自然不能满足她；凭了自己的机警，公然在她丈夫面前同别人调情，而且又进一步姘居起来了。这老人早起晚睡侍候别人颜色挣来的钱，以前是被严谨地锁在一个箱子里的，现在也慢慢地流出来，换成面包，填充她儿子的肚皮了。她为儿子的病焦灼，又生媳妇的气；却没办法。这有一颗简单的心的老人只好叹息了。

儿子病的次数加多起来，而且也厉害起来。在很短的期间，这叹息就又转成眼泪了。以前是因为有幻想和希望而不能捉到才流泪；现在眼看着幻想和希望要在自己手里破碎，这泪当然更沉痛了。我虽然不常在家里，但常听人们说到，每次她从儿子那里回来的时候，总带回来惊人多的叹息和眼泪。问起来，她就说到儿子怎样病，几天不能挑水，柴米没有，媳妇也不知道跑到什么地方去了。于是在静寂的中夜里，就又常听到她低咽的暗泣。她现在再也没有心绪谈到她的秀才丈夫，夸耀自己年轻时的美德，处处都表示出衰老的样子。流泪成了日常的工作；泪也终于流不完。并没延长了多久，她有了病，眼也给一层白膜障上了。她说，她不想死。真的，随处都表示出，她并不想死。她请医生，供神水，喝符，用大葱叶包起七个活着的蜘蛛生生吞下去，以及一切的偏方正方。为了自己的身子，她几乎忘掉了一切。大约有几个月以后吧，身子好了，却只剩下了一只眼。

她更显得衰老了。腰佝偻着，剩下的一只眼似乎也没有什么大用。走路的时候，只是用手摸索着走上去。每次我看她拿重一点的东西而曲着背用力的时候，看到她从儿子那里回来含着泪慢慢地踱进自己的幽暗的小屋里去的时候，我真想哭。虽然失掉一只眼睛，但并没有失掉了固有的性情，她仍然倔强，仍然不会买好，不会在应当转圈的时候转圈；也就仍然常常碰到点小不痛快，流两次无所谓的眼泪。她同以前一样，有着一颗简单又纯朴的心。

四年前，为了一个近于荒诞的理想，我从故乡来到这辽远的故都里。我看到的自然是另一个新的世界，但这世界却不能吸引着我；我时常想到王妈，想到她数夜来香的神情，想到她红萝卜似的开了鲜红裂口的手。第一年寒假回家的时候，迎着我的是她的欢迎的微笑。只有我了解她这笑是怎样勉强做出来的。前年的冬天，我又回家去。照例一阵微微的晕眩以后，我发现家里少了一个人，以前笑着欢迎我的王妈到哪里去了呢？问起来，才知道这老人已经回老家去了。在短短的半年里，她又遭遇到许多不如意的事情。因为看到放在儿子身上的希望和幻想渐渐渺茫起来，又因为自己委实有点老了，于是就用勉强存起来的一点钱在老家托人买了一口棺材。这老人已经看透了自己的一生不过是这么回事；趁着没死的时候，预备点东西，过一个痛快的死后的生活吧。但这口棺材却毫无理由地被她一个先死去的亲戚占去了。从年轻时候守节受苦，到垂老的暮年出来做佣工，辛苦了一生，老把自己的希望和幻想拴在儿子身上，结果是幻灭；好容易自己又制了一个死后的美丽的梦，现在又给打碎了。她不懂怎样去诉苦，也没人可诉。这颗经了七十年痛创的简单又纯朴的心能容得下这些破损吗？她终于病倒了。

正要带着儿子和媳妇回老家去养病的时候，儿子竟然经不起病的摧折死去了。我不忍去想象，悲哀怎样啮着这老人的心。她终于回了家。我们家里派了一个人去送她。临走的时候，她还带着恳乞的神气说："只要病好了，我还回来。"生命的火还在她心里燃烧着，她不想死的。在严冬的大风雪里，在灰暗的长天下，坐在一辆独轮小车上，一个垂老的人，带了自己独子的棺材，带了一个艰苦地追求了一辈子而终于得到的大空虚，带了一颗碎了的心，回到自己的故乡里去，把一切希望和幻想都抛到后面，人们大概总能想象到这老人的心情吧！我知道会有种种的幻影在她眼前浮掠，她会想到过去自己离开家时的情景，然而现在眼前明显摆着的却是一个不可避免的黑洞，一切就都归到这洞里去。车走上一个小木桥的时候，忽然翻下河去，这老人也被倾到水里。被人捞上来的时候，浑身都结了冰。她自己哭了，别人也都哭起来。人生到这样一个地步，还有什么话可以说呢？这纯朴的老人也不能不咒骂自己的命运了。

我不忍去想象，她怎样在那穷僻的小村里活着的情形。听人说，剩下的一只眼睛也哭得失了明。自己的房子已经卖给别人，只好借住在亲戚家里。一闭眼，我就仿佛能看到她怎样躺到床上呻吟，但没有人去理会她；她怎样起来沿着墙摸索着走，她怎样呼喊着老天。她的红萝卜似的开了裂口流着红血的手在我眼前颤动……以前存的钱一个也没能剩下，她一定会回忆到自己困顿的一生，受尽人们的唾弃，老年也还免不了早起晚睡侍候别人的颜色；到死却连自己一点无论怎样不能成为希望和幻想的希望和幻想都一个不剩地破碎了去。过去的黑影沉重地压在她心头。人到欲哭无泪的地步，还有什么话可说呢？我听不到她的消息，我只有单纯地有点近于痴妄地希望着，她能好起来，再回到我们家里去。

但这岂是可能的呢？第二年暑假我回家的时候，就听人说，王妈死了。我哭都没哭，我的眼泪都堆在心里，永远地。现在我的眼前更亮，我认识了怎样叫人生，怎样叫命运。——小小的院子里仍然挤满了夜来香。黄昏里我仍然坐在院子里的竹床上，悲哀沉重地压住了我的心。我没有心绪再数蝙蝠了。在沉寂里，夜来香自己一闪一闪地开放着，却没有人再去数它们。半夜里，当我再从飘忽的梦境里转来的时候，看不到窗上的微微的白光，也再听不到嗡嗡的纺车的声音，自然更看不到照在四面墙上的黑而大的影子在合着历乱的枝影晃动。一切都死样的沉寂。我的心寂寞得像古潭。第二天早晨起来的时候，整夜散放着幽香的夜来香的伞似的黄花枝枝都枯萎了。没了王妈，夜来香哪能不感到寂寞呢？

老人

当我才从故乡来到这个大城市的时候，他已经是个老人了。我现在还记得，当时是骑驴来的。骑了两天，就到了这个大城市。下了驴，又随着父亲走了许多路，一直走得自己莫名其妙，才走到一条古旧的黄土街，我们就转进一个有石头台阶颇带古味的大门里去，迎头是一棵大的枸杞树。因为当时年纪才八九岁，而且刚才走过的迷宫似的长长又曲折的街的影子还浮动在心头，所以一到屋里，眼前只一片花，没有看到一个人，定了定神，才看到了婶母。不久，就又在黑暗的角隅里，发现了这个老人，正在起劲地同父亲谈着话，灰白色的胡子在上下地颤动着。

他并没有什么特异的地方，但第一眼就在我心里印上了一个莫大的威胁。他给了我一个神秘的印象：白色稀疏的胡子，白色更稀疏的头发，夹着一张蝙蝠形的棕黑色的面孔，这样一个综合不是很能够引起一个八九岁的乡下孩子的恐怖的幻想吗？又因为初到一个生地方，晚上再也睡不宁恬，才卧下，就先想到故乡，想到故乡里的母亲。凄迷的梦萦绕在我的身旁，时时在黑暗里发现离奇的幻影。在这时候，这张蝙蝠形的面孔就浮动到我的眼前来，把我带到一个神秘的境地里去。在故乡里的时候，另外一些老人时常把神秘的故事讲给我听，现在我自己就仿佛走到那故事里面去，这有着蝙蝠形的脸的老人也就仿佛成了里面的主人了。

第二天绝早就起来，第一个遇到的偏又是这老人。我不敢再看他，我只呆呆地注视着那棵枸杞树，注视着细弱的枝条上才冒出的红星似的小芽，看熹微的晨光慢慢地照透那凌乱的枝条。小贩的叫卖声从墙外飘过来，但我不知道他们叫卖的是什么。我对一切都充满了惊异。故乡里小村的影子，母亲的影子，时时浮掠在我的眼前。我一闭眼，仿佛自己还骑在驴背上，还能听到驴子项下的单调的铃声，看到从驴子头前伸展出去的长长又崎岖的仿佛再也走不到尽头的黄土路。在一瞬间这崎岖的再也走不到尽头的黄土路就把自己引到这陌生的地方来。在这陌生的地方，现在（一个初春的早晨）就又看到这样一个神秘的老人在枸杞树下面来来往往地做着事。

在老人，却似乎没有我这样的幻觉。他仿佛很高兴，见了我，先打一个招呼，接着就笑起来；但对我这又是怎样可怕的笑呢？鲇鱼须似的胡子向两旁咧了咧，眼与鼻子的距离被牵掣得更近了，中间耸起了几条皱纹。看起来却更像一个蝙蝠，而且像一个跃跃欲飞的蝙蝠了。我害怕，我不敢再看他，他也就拖了一片笑声消逝在枸杞树的下面，留给我的仍然是蝙蝠形的脸的影子，混了一串串的金星，在我眼前晃动着，一直追到我的梦里去。

平凡的日子就这样在不平凡中消磨下去。时间的消逝终于渐渐地把我与他之间的隔膜磨去了。我从别人嘴里知道了关于他的许多事情，知道他怎样在年轻的时候从城南山里的小村里漂流到这个大城市里来；怎样打着光棍在一种极勤苦艰难的情况下活到现在；现在已是一个白须的人了，然而情况却更加艰难下去；不得已就借住在我们房子后院的一间草棚里，做着泥瓦匠。有时候，也替我们做点杂事。我发现，在那微笑下面隐藏着一颗怎样为生活磨透的悲苦的心。就因了这小小的发现，我同他亲近起来。他邀我到他屋里去。他的屋其实并不像个屋，只是一座靠着墙的低矮的小棚。一进门，仿佛走进一个黑洞里去，有霉湿的气息钻进鼻孔里。四壁满布着烟熏的痕迹，顶上垂下蛛网，只有一个床和一张三条腿的桌子。当我正要抽身走出来的时候，我忽然在墙龛里发现了一个肥大的大泥娃娃。他看了我注视这泥娃娃的神情，就拿下来送给我。我不了解，为什么这位奇异的老人还有这样的童心。但这泥娃娃却给了我无量的欣慰，我渐渐地觉得这蝙蝠形的脸也可爱起来了。

闲下来的时候，我也常随着他去玩。他领我上过圩子墙，从这上面可以看到南面云似的一列黛黑的山峰，这山峰的顶上是我的幻想常飞的地方；他领我看过护城河，使我惊讶这河里水的清和草的绿。但最常去的地方却还是出大门不远的一个古老的庙里，庙不大，院子里却栽了不少的柏树，浓荫铺满了地，给人森冷幽渺的感觉。阴暗的大殿里列着几座神像，封满了蛛网和尘土，头上有燕子垒的窠。我现在始终不明白，这样一座只能引起成年人苍茫怀古的情绪的破庙会对一个八九岁的孩子有那样大的诱惑力，一个八九岁的孩子能懂得什么怀古呢？他几乎每天要领我到那里去，我每次也很高兴地随他去。在柏树下面，他讲故事给我听，怎样一个放牛的小孩遇到一只狼，又怎样脱了险，一直讲到黄昏才走回来，但每次带回来的都是满腔的欢欣。就这样，时间也就在愉快中消磨过去。

这年的初夏，我们搬了一次家。随了这搬家而得到的是关于他的一些趣闻。正像其他孤独的人们一样，这老人的心，在他过去的生命里恐怕有一个很不短的期间，都在忍受着孤独的啮噬。男女间最根本、最单纯的要求也常迫促着他。终于因了机缘的凑巧，他认识了一个有丈夫而不安于平凡的单调的中年女人。从第一次见面起，会有些什么样的事情在两人间进行着，人们可以用想象去填补，这中年女人不缺少会吐出玫瑰花般的话的嘴，也不缺少含有无量魔力的眼波，这老人为她发狂了。但不久，就听到别人说，一个夜间，两个人被做丈夫的堵到一个屋里，这老人，究竟因为曾做过泥瓦匠，终于从窗户里跳出来，又越过一重墙逃走了。

这以后，人们的谈话常常转到他身上去。我每次见了这蝙蝠形的脸的老人的时候，只是忍不住想笑。我想象不出来这位面孔仿佛很严肃的老人在星光下爬墙逃走的情形。这蝙蝠形的脸还像平常一样地布满了神秘吗？这灰白的胡子还像平常一样地撅着吗？但老人却仍然像平常那样沉静严肃；他仍然要我听他讲故事，怎样一个放牛的小孩遇到一个狼，又怎样脱了险。我再也无心听他讲故事，我只想脱口问了出来；但终于抑压下去，把这个秘密埋在自己的心里，暗暗地玩味着这个秘密给予我的快乐。

老人的情况却愈加狼狈了。以前他住的那座黑洞似的草棚，现在再也在里面住不下去，只好移到以前常领我去玩的那个古庙里去存身。庙里从来没见过和尚和道士的踪影，现在就只有他一个人孤零零地陪着那些头上垒着燕子窝的泥塑的佛像住着。自从他搬了去以后，经过了一个长长的夏天，我没能见到他。在一个夏末的黄昏里，我到庙里去看他。庙仍然同从前一样的衰颓，柏树仍然遮蔽着天空。一进门，四周立刻寂静了起来，仿佛已经走出了嚣喧的人间。我看到老人的背影在大殿的一个角隅里晃动，他回头看到是我，仿佛很高兴，立刻忙着搬了一条凳子，又忙着倒水。从他那迟钝的步伐上、伛偻的身躯上看来，这老人确实老了。他向我谈着他这几个月来的情况。我悠然地注视着渐渐暗下来的天空，看夜色织入柏树丛里，又布上了神像。神像的金色的脸在灰暗里闪着淡黄的光。我的心陡然冷了起来，我的四周有森森的鬼气，我自己仿佛走到一个神话的境界里去。但老人却很坦然，他把这些东西已经看惯了，他仍然絮絮地同我谈着话。我的眼前有种种的幻象，我幻想着，在中夜里，一个人睡在这样一个冷寂的古庙里，偶尔从梦中转来的时候，看到一线凄清的月光射到这金面的神像上，射到这朱齿獠牙手持巨斧的大鬼身上，心里会有什么样的感觉呢？我的心愈加冷了起来。

但老人却正在谈得高兴。他告诉我，怎样自己再也不能做泥瓦匠，怎样同街住的人常常送饭给他吃，怎样近来自己的身体处处都显出弱相；叹了几口气之后，结尾却说到自己还希望能壮壮实实地活几年。他说，昨天夜里做了个梦，梦见自己托着一个太阳。人们不是说，梦见托太阳是个好朕兆吗？所以他很高兴，知道自己的身子就会慢慢地健壮起来。说这句话的时候，蝙蝠形的脸缩成一个奇异的微笑。从他的昏暗的眼里蓦地射出一道神秘的光，仿佛在前途还看到希望的幻影，还看到花。我为这奇迹惊住了。我不知道怎样回答他。抬头看外面已经全黑下来，我站起来预备走，当我走出庙门的时候，我好像从一个虚无缥缈的魔窟里走出来，我眼前时时闪动着老人眼里射出来的那一线充满了生命力的光。

看看闷人的夏天要转入淡远的凉秋去的时候，老人的情况更比以前艰苦起来，他得了病，一个长长的秋天就在病中度过去。病好了的时候，他变成了另一个人，身体伛偻得简直要折过去，随时嘴里都在哼哼着，面孔苍黑得像涂过了一层灰。除了哼哼和吐痰以外，他不再做别的事，只好在一种近于行乞的情况下把自己的生命延续下去。就这样过了年。第二年的夏天，听说我要到故都去，他特意走来看我。没进屋门，老远就听到哼哼的声音，坐下以后，在断断续续的哼声中好歹努着力迸出几句话来，接着又是成排的连珠似的咳嗽。蝙蝠形的脸缩成一个奇异的形状。我用一种带有怜悯的心情同他谈着话。我自己想，看样子生命在老人身上也不会存多久了。在谈话的空隙里，他低着头，眼光固定在地上。我蓦地又看到有同样神秘的光芒从他的眼里射了出来，他仿佛又在前途看到希望的幻影，看到花。我又惊奇了，但老人却仍然很镇定，坐了一会儿，又拖了自己孤零零的背影蹒跚地走回去。

到故都以后，我走到另一个世界里，许多新奇的事情占据了我的心，我早把老人埋在回忆的深黑的角隅里。第一次回家是在同一年的冬天。虽然只离开了半年，但我想，对老人的病躯，这已经是很够挣扎的一段长长的期间了。恐怕当时连这样思也不曾想过。我下意识地觉得老人已经死了，墓上的衰草正在严冬下做着春的梦。所以我也不问到关于他的消息。蓦地想起来的时候，心里只影子似的飘过一片淡淡的悲哀。但我到家后的第五天，正在屋里坐着看水仙花的时候，又听到窗外有哼哼的声音，开门进来的就是这老人。我的脑海里电光似的一闪，这对我简直像个奇迹，我惊愕得不知所措了。他坐下又从断断续续的哼声中迸出几句套语来，接着仍然是成排的连珠似的咳嗽。比以前还要剧烈，当我问到他近来的情况的时候，他就告诉我，因为受本街流氓的排挤，他已经不能再在那个古庙里存身，就在那年的秋天，搬到一个靠近圩子墙的土洞里去，仍然有许多人送饭给他吃，我们家也是其中之一。叹了几口气之后，又说到虽然哼哼还没能去掉，但自己觉得身体却比以前好了，这也总算是个好现象，自己还希望能壮壮实实地再活几年，说完了，又拖着自己孤零零的背影踽踽地走回去。

第二天的下午，我走去看他，走近圩子墙的时候，已经没了住的人家，只有一座座纵横排列着的坟，寻了半天，好歹在一个土崖下面寻到一个洞，给一扇秫秸编成的门挡住口。我轻轻地拽开门，扑鼻的一阵烟熏的带土味的气息，老人正在用干草就地铺成的床上躺着。见了我，似乎有点显得仓皇，要站起来，但我止住了他。我们就谈起话来。我从门缝里看到一片大大小小的坟顶。四周仿佛凝定了似的沉寂，我不由得幻想起来，在死寂的中夜里，当鬼火闪烁着蓝光的时候，这样一个垂死的老人，在这样一个地方，想到过去，看到现在，会有什么样的感想呢？这样一个土洞不正同坟墓一样吗？眼前闪动着种种的幻象，我的心里一闪，我立刻觉得自己现在就是在坟墓里，面前坐着的有蝙蝠形的脸和白须的老人就是一具僵尸，冷栗通过了我的全身。但我抬头看老人，他仍然同平常一样地镇定；而且在镇定中还加入了点悠然的意味。神秘的充满了生之力的光不时从眼里射出来。我的心乱了；我仿佛有什么东西急于了解而终于不了解似的，心里充满了疑惑；但又想不出究竟是什么。我不愿意再停留在这里，我顺着圩子墙颓然走回家里，在暗淡的灯光下，水仙花的芬芳的香气中，陷入了长长的不可捉摸的沉思。

不久，我又回到故都去。从这以后，第一次回家是在夏天，我以为老人早已死掉了；但却看到他眼里闪熠着的充满了生之力的神秘的光。第二次回家是在另一个夏天，我又以为老人早已死掉了；但他又出现了，而且哼哼也更剧烈了；然而我又看到他眼里闪熠着充满了生之力的神秘的光。每次都给我一个极大的惊奇，但过后也就消逝了。就这样，一直到去年秋天，我在故都的生活告了一个结束，又回到这个城市里来。老人早已躲出我记忆之外，因为我直觉地确定地相信，他再也不会活在人间了。我不但不向家里人问到他，连以前有的淡淡的悲哀也不浮在我的心里来。然而在一个秋末的黄昏里，又听到他的低咽而幽抑的哼哼声从窗外飘进来；在带点悲凉凄清的晚秋的沉寂里，哼哼声更显得阴郁，仿佛想把过去生命里的一切哀苦全从这哼声里喷泄出来。我的心战栗起来。我真想不到在过去遇到的许多奇迹之外，还有今天这样一个奇迹。我有点怕见他，但他终于走进来。衣服上满是土，头发凌乱得像秋草；态度仍然很镇定；脸色却更显得苍老，黧黑；腰也更显得伛偻。见了我，勉强做出一个笑容，接着就是一阵咳嗽；咳嗽间断的时候，就用哼哼来把空缝补上；同时嘴里还努力说着话，也已是些呓语似的声音。他告诉我，他来的时候走几步就得坐下休息一会儿，走了有一个钟头才走到这里。当我问到他的身体的时候，他叹了口气，说，身体已经是不行了；昨天到庙里求了一个签，说他还能活几年，这使他非常高兴，他仍然希望能壮壮实实地再活几年，他不想死。我又看到有神秘的充满了生之力的光从他的昏暗的眼里射出来，他仿佛又在前途看到希望，看到花。我迷惑了，惘然地看着他拖着自己孤零零的背影走去。

从去年秋天到现在，在我的生命中是一个大的转变。我过的是同以前迥乎不同的生活。在学校里过了六天以后，照例要回到我不高兴回去的家里看看；因而也就常逢到老人。每见一次面，我总觉得老人的精神和身体都比上一次要坏些，哼哼也剧烈些。但我仍然一直见面见到现在，每次都看到他从眼里射出的神秘的光，这光，在我心里，连续地打着烙印。我并不愿意老人死，甚至连想到也会使我难过。但我却固执地觉得生命对他已经没了意义。从人生的路上跋涉着走到现在，过去是辛酸的，回望只见到灰白的一线微痕；现在又处在这样一个环境里；将来呢？只要一看到自己拖了孤零零的背影蹒跚地向前走着的时候，走向将来，不正是这样一个情景吗？在将来能有什么呢？没有希望，没有花。但我抬头又看到我面前这位蝙蝠脸的老人，看到他低垂着注视着地面的眼光，充满了神秘的生命力，这眼光告诉我们，他永远不回头看，他只向前看，而且在前面他真的又看到闪烁的希望，灿烂的花。我迷惑了。对我，这蝙蝠脸是个谜，这从昏暗的眼里射出的神秘的光更是个谜。就在这两重谜里，这老人活在我的眼前，活在我的心里。谁知道这神秘的光会把他带到什么地方呢？

红

在我刚从故乡里走出来以后的几年里，我曾有过一段甜蜜的期间，是长长的一段。现在回忆起来，虽然每一件事情都仿佛有一层灰蒙蒙的氛围萦绕着，但仔细看起来，却正如读希腊的神话，眼前闪着一片淡黄的金光。倘若用了象征派诗人的话，这也算是粉红色的一段了。

当时似乎还没有多少雄心壮志，但眼前却也不缺少时时浮起来的幻想。从一个字不认识，进而认得了许多字，因而知道了许多事情；换了话说，就是从莫名其妙的童年里渐渐看到了人生，正如从黑暗里乍走到光明里去，看一切东西都是新鲜的。我看一切东西都发亮，都能使我的幻想飞出去。小小的心也便日夜充塞了欢欣与惊异。

我就带了一颗充塞了欢欣与惊异的心，每天从家里到一个靠近了墟墙有着一个不小的有点乡村味的校园的小学校里去上学。沙着声念古文或者讲数学的年老而又装着威严的老师，自然引不起我的兴趣，在班上也不过用小刀在桌子上刻花，在书本上画小人头。一下班立刻随了几个小同伴飞跑到小池子边上去捉蝴蝶，或者去拣小石头子；整个的心灵也便倾注在蝴蝶的彩色翅膀上和小石头子的螺旋似的花纹里了。

从家里到学校是一段颇长的路。路既曲折狭隘，也偏僻。顶早的早晨，当我走向学校去的时候，是非常寂静，没有什么人走路的。然而，在我开始上学以后不久，我却遇到一个挑着担子卖绿豆小米的。以后，接连着几个早晨都遇到他。有一天的早晨，他竟向我微笑了。他是一个近于老境的中年人，有一张纯朴的脸。无论在衣服上在外貌上都证明他是一个老实的北方农民。然而他的微笑却使我有点窘，也害臊。这微笑在早晨的柔静的空气里回荡。我赶紧避开了他。整整的一天，他的微笑在我眼前晃动着。

第二天早晨，当我刚走出了大门，要到学校去的时候，我又遇到了他。他把担子放在我家门口，正同王妈争论米豆的价钱。一看到我，脸上立刻又浮起了微笑；嘴动了动，看样子是要对我讲话了。这微笑使我更有点窘，也更害怕，我又赶紧避开了他，匆匆地走向学校去。——那时大概正是春天。在未出大门之先，我走过了一段两边排列着正在开着的花的甬道。我也看到春天的太阳在这中年人的脸上跳跃。

在学校里仍然不外是捉蝴蝶，找石子。当我走回家坐在一间阴暗的屋里一张书桌旁边的时候，我又时时冲动似的想到这老实纯朴的中年人。他为什么向我笑呢？当时童稚的心似乎无论怎样也不能了解。小屋里在白天也是黑黝黝的。仅有的一个窗户给纸糊满了。窗外有一棵山丁香，正在开着花。窗户像个闸，把到处都充满了花香鸟语的春光闸在外面。当暮色从四面高高的屋顶上溜进了小院来的时候，我不再想到这中年人，我的心被星星的光吸引住，给蝙蝠的翅膀拖到苍茫的太空里去了。

接连着几天的早晨，我仍然遇到这中年人，每天放学回来就喝着买他的绿豆和小米做成的稀饭。因为见面熟了，我不再避开他。我知道他想同我讲话也不过是喜欢小孩的一种善意的表示。我们开始谈起话来。他所说的似乎都是些离奇怪诞的话。他告诉我：他见到过比象大的老鼠。这却不足使我震惊，因为当时我还没能看到过象。我觉得顶有趣的是他说到一个馒头皮竟有四里地厚，一个人啃了几个月才啃到馅儿；怎样一个鸡下了个比西瓜还大的卵；怎样一个穷小子娶了个仙女。当他看到我瞪大了错愕的眼睛看着他的时候，这老实的中年人孩了似的笑起来了。

经过了明媚的春天，接着是长长的暑假。暑假过了，是瑟冷的秋天：看落叶在西风里颤抖。跟着来了冬天：看白雪装点的枯树。雪的早晨，我们堆雪人。晚上，我们在小院里捉迷藏。每天上学的时候，仍然碰到这中年人。回到家里来的时候，就又坐在那阴暗的屋里一张小桌旁看书什么的。窗户仍然是个闸，把夏的蓝得有点儿古怪的天、秋的长天、冬的灰暗的天都闸在外面。只有从纸缝里看到星星的光、月的光、听秋蝉的嘶声从黄了顶的树上飘下来。听大雪天寒鸦冷峭的鸣声。仿佛隔了一层世界。——

就这样，生活竟意外地平静，自己也就平静地活下去。

当第二年的清朗的春天看看要化入夏天的炎辉里去的时候，自己的心情上微微起了点变化。也许因为过去的生活太单调，心里总仿佛在渴望着什么似的，感到轻微的不满足。在学校里班上对刻字画人头也感到烦腻；沙着声念古文的老教员更使我讨厌得不可言状。这位老实的中年人的荒唐话再也不能引起我的兴趣。以前寄托在蝴蝶的彩色翅膀上、小石子的花纹里的空灵的天堂幻灭了。我渴望着抓到一个新的天堂，但新的却究竟在什么地方呢？

就在这时候，因了一个机缘的凑巧，我看到了《彭公案》之类的武侠小说。这里面给了我另外一个新奇的天堂——一个人凭空会上屋，会在树顶上飞。更荒唐的，一个怪人例如和尚、道士之流的，一张嘴就会吐着一道白光，对方的头就在这白光里落了下来。对我，这是一个天大的奇迹。这奇迹是在蝴蝶翅膀上、小石子的花纹里绝对找不到的。我失掉的天堂终于又在这里找到了。

最初读的时候，自然有许多不识的字。但也能勉强看下去，而明了书里的含意。只要一看书的插图，就使我够满意的了：一个个有着同普通人不一样的眼、眉、胡子。手里都拿着刀枪什么的。这些图上的小人占据了我整个的心。我常常整整地一个过午逃了学，找一个僻静的地方去读小说。黄昏的时候，走回家去，红着脸对付家里大人们的询问。脑子里仍然满装着剑仙剑侠之流的飞腾的影子。晚上，夜深人静的时候，一觉醒转来，看看窗纸上微微有点白光的晃动；我知道，这是王妈起来纺麻线了。我于是也悄悄地起来，拿一本小说，就着纺线的灯光瞅着一行行蚂蚁般大的小字，一直读到小字真像蚂蚁般地活动起来。一闭眼，眼前浮动着一丛丛灿烂的花朵。这时候才嗅到夜来香的幽香一阵阵往鼻子里挤。花的香合了梦一齐压上了我。第二天早晨到学校去的路上，倘若遇到那位老实的中年人，我不再听他那些荒唐怪诞的话；我却要把我的剑侠剑仙之流的飞腾说给他听了。

我现在也有了雄心壮志了，是荒唐的雄心壮志。我老想着，怎样我也可以一张嘴就吐出一道白光，使敌人的头在白光里掉在地上；怎样我也可以在黑夜的屋顶上树顶上飞。在我眼前蓦地有一条黑影一晃，我知道是来了能人了。我于是把嘴一张，立刻一道白光射出去，眼看着那人从几十丈高的墙上翻身落下去。这不是天下的奇观吗？自己心里仿佛真有那样一回事似的愉快。同时，也正有同我年纪差不多的小孩子，他们也有着同样的雄心壮志。他们告诉我，怎样去练铁砂掌，怎样去练隔山打牛。我于是回到家里就实行。候着没有人在屋里的时候，把手不停地向盛着大米或绿豆的缸里插，一直插到全手麻木了，自己一看，指甲与肉接连着的一部分已经磨出了血。又在帐子顶上悬上一个纸球，每天早晨起床之先，先向空打上一百掌，据说倘若把球打动了，就能百步打人。晚上，在小院里，在夜来香的丛中，背上斜插着一条量布用的尺，当作宝剑。同一群小孩玩的时候，也凛凛然仿佛有不可一世的气概似的。

但是，把手向大米或绿豆里插已经流过几次血，手痛不能再插。凭空打球终于也没看见球微微地动一动。心里渐渐感到轻微的失望。已经找到的天堂现在又慢慢幻灭了去。自己以前的希望难道真的都是幻影吗？以后，又渐渐听到别人说，剑侠剑仙之流的怪人，只有古时候有，现在是不会有的了。我深深地感到失掉幻影的悲哀。但别人又对我说，现在只有绿林豪杰相当于古时候的剑侠。我于是又向往绿林豪杰了。

说到绿林豪杰，当时我还没曾见过。我只觉得他们不该同平常人一样。他们应该有红胡子、花脸、蓝眼睛，一生气就杀人的，正像在舞台上见到的一些人物一样。这都不是很可怕的吗？但当时却只觉得这样的人物的可爱。这幻想支配着我。晚上，我梦着青面红发的人在我屋里跳。第二天早晨起来，无论是花的早晨，雨的早晨，云气空灵的早晨，蝉声鸣彻的早晨，我总是遇到这老实的中年人。他腻着我告诉他关于剑侠剑仙的故事。我红着脸没有说话，却不告诉他我这新的向往。虽然有点窘，我仍然是愉快的。——在我心里也居然有一个秘密埋着了。

这时候，如火如荼的夏天已经渐渐化入秋的朗远里去。每天早晨到学校去的时候，蝉声和秋的气息萦混在微明的空气里。在学校里听年老的老师大声念古文，回到家里来的时候，就仍然坐在阴暗的屋里一张小桌的旁边，做着琐碎的事情，任窗户把秋的长天，带着星星的长天，和了玉簪花的幽香阑在外面。接连着几天的早晨，我没遇到这中年人。我真有点想他，想他那纯朴的北方农民特有的面孔。我仍然走以前走的那偏僻的路。顶早的早晨仍然是非常寂静。没有什么人走路的。我遇不到这老实的中年人，心里感觉到缺少点什么。我踽踽地独行着，这长长的路就更显得长起来。我问自己：难道他有什么意外的不幸的事情吗？

这样也就过了一个多月。等到天更蓝、更高、触目的是一片萧瑟的淡黄色的时候，我心里又给别的东西挤上。这老实的中年人的影子也渐渐消失了。就这样一个萧瑟淡黄的黄昏里，因为有事，我走过一条通到墟子外的古老的石头街。街两边挤满了人，都伸长了脖颈，仿佛期待着什么似的。我也站下来。一问，才知道今天要到墟子外河滩里杀土匪，这使我惊奇。我倒要看看杀人到底是什么样子。不久，就看见刽子手蹒跚地走了过去，背着血痕斑驳的一个包，里面是刀。接着是马队步队。在这一队人的中间是反手缚着的犯人，脸色比蜡还黄。别人是啧啧地说这家伙没种的时候，我却奇怪起来：为什么这人这样像那卖绿豆小米的老实的中年人呢？随着就听到四周的人说：这人怎样在乡里因为没饭吃做了土匪；后来洗了手，避到济南来卖绿豆小米；终于给人发现了捉起来。我的心立刻冰冷了，头嗡嗡地响，我却终于跟了人群到墟子外去，上千上万的人站成了一个圈子。这老实的中年人跪在正中，只见刀一闪，一道红的血光在我眼前一闪。我的眼花了。回看西天的晚霞正在天边上结成了一朵大大的红的花。

这红的花在我眼前晃动。当我回到那阴暗的屋里去的时候，窗户虽然仍然能把秋的长天阑在外面，我的眼仿佛能看透窗户，看到有着星星的夜的天空满是散乱的红的花。我看到已经落净了叶子的树上满开着红的花。红的花又浮到我梦里去，成了橹，成了船，成了花花翅膀的蝴蝶；一直只剩下一片通明的红。第二天早晨上学的时候，冷僻的长长的路上到处泛动着红的影子。在残蝉的声里，我也仿佛听出了红声。小石子的花纹也都转成红的了。

到现在虽然已经过了十多年了，只要我眼花的时候，我仍然能把一切东西看成红的。这红，奇异的红，苦恼着我。我前面不是说，这是粉红色的一段吗？我仍然不否认这话。真的，又有谁能否认呢？我只要回忆到这一段，我就能看见自己的微笑，别人的微笑；连周围的东西也都充满了笑意。咧着嘴的大哭里也充满了无量的甜蜜；我就能看见自己的影子，在向大米缸里插手，在凭空击着纸球；我也就能看见这老实的中年的北方农民特有的纯朴的面孔，他向我微笑着说话的样子，只有这中年人使我这粉红色的一段更柔美。也只有他把这粉红色的一段结尾涂上了大红。这红色给我以大的欢喜，它遮盖了一切存在在我的回忆里的影子。但也对我有大威胁，它时常使我战栗。每次我看到红色的东西，我总想到这老实的中年人。——我仿佛还能看到我们俩第一次见面时春的阳光在他脸上跳跃，和最后一瞥里，他脸上的蜡黄。——我应该怜悯他呢？或者，正相反，我应该憎恶他呢？

怀念母亲

我一生有两个母亲：一个是生我的那个母亲；一个是我的祖国母亲。

我对这两个母亲怀着同样崇高的敬意和同样真挚的爱慕。

我六岁离开我的生母，到城里去住。中间曾回故乡两次，都是奔丧，只在母亲身边待了几天，仍然回到城里。最后一别八年，在我读大学二年级的时候，母亲弃养，只活了四十多岁。我痛哭了几午，食不下咽，寝不安席。我真想随母亲于地下。我的愿望没能实现。从此我就成了没有母亲的孤儿。一个缺少母爱的孩子，是灵魂不全的人。我怀着不全的灵魂，抱终天之恨。一想到母亲，就泪流不止，数十年如一日。如今到了德国，来到哥廷根这一座孤寂的小城，不知道是为什么，母亲频来入梦。

我的祖国母亲，我这是第一次离开她。离开的时间只有短短几个月，不知道是为什么，我这个母亲也频来入梦。

为了保存当时真实的感情，避免用今天的情感篡改当时的感情，我现在不加叙述，不做描绘，只从初到哥廷根的日记中摘抄几段：

1935年11月16日

不久外面就黑起来了。我觉得这黄昏的时候最有意思。我不开灯，只沉默地站在窗前，看暗夜渐渐织上天空，织上对面的屋顶。一切都沉在朦胧的薄暗中。我的心往往在沉静到不能再沉静的氛围里，活动起来。这活动是轻微的，我简直不知道有这样的活动。我想到故乡，故乡里的老朋友，心里有点酸酸的，有点凄凉。然而这凄凉却并不同普通的凄凉一样，是甜蜜的，浓浓的，有说不出的味道，浓浓地糊在心头。

11月18日

从好几天以前，房东太太就向我说，她的儿子今天家来，从学校回家来，她高兴得不得了。……但儿子只是不来，她的神色有点沮丧。她又说，晚上还有一趟车，说不定他会来的。我看了她的神气，想到自己的在故乡地下卧着的母亲，我真想哭！我现在才知道，古今中外的母亲都是一样的！

11月20日

我现在还真是想家，想故国，想故国里的朋友。我有时简直想得不能忍耐。

11月28日

我仰在沙发上，听风声在窗外过路。风里夹着雨。天色阴得如黑夜。心里思潮起伏，又想到故国了。

12月6日

近几天来，心情安定多了。以前我真觉得二年太长；同时，在这里无论衣食住行哪一方面都感到不舒服，所以这二年简直似乎无论如何也忍受不下来了。

从初到哥廷根的日记里，我暂时引用这几段。实际上，类似的地方还有不少，从这几段中也可见一斑了。总之，我不想在国外待。 想到我的母亲和祖国母亲，就心潮腾涌，惶惶不可终日，留在国外的念头连影儿都没有。几个月以后，在1936年7月11日，我写了一篇散文，题目叫《寻梦》。开头一段是：

夜里梦到母亲，我哭着醒来。醒来再想捉住这梦的时候，梦却早不知道飞到什么地方去了。

下面描绘在梦里见到母亲的情景。最后一段是：

天哪！连一个清清楚楚的梦都不给我吗？我怅望灰天，在泪光里，幻出母亲的面影。

我在国内的时候，只怀念，也只有可能怀念一个母亲。现在到国外来了，在我的怀念中就增添了一个祖国母亲。这种怀念，在初到哥廷根的时候，异常强烈。以后也没有断过。对这两位母亲的怀念，一直伴随着我度过了在德国的十年，在欧洲的十一年。

赋得永久的悔

题目是韩小蕙[①]小姐出的，所以名之曰“赋得”。但文章是我心甘情愿作的，所以不是八股。

我为什么心甘情愿作这样一篇文章呢？一言以蔽之，题目出得好，不但实获我心，而且先获我心：我早就想写这样一篇东西了。

我已经到了望九之年。在过去的七八十年中，从乡下到城里；从国内到国外；从小学、中学、大学到“洋”研究院；从“志于学”到超过“从心所欲不逾矩”，曲曲折折，坎坎坷坷。既走过阳关大道，也走过独木小桥；既经过“山重水复疑无路”，又看到“柳暗花明又一村”。喜悦与忧伤并驾，失望与希望齐飞，我的经历可谓多矣。要讲后悔之事，那是俯拾皆是。要选其中最深切、最真实、最难忘的悔，也就是永久的悔，那也是唾手可得，因为它片刻也没有离开过我的心。

---

① 韩小蕙，时任《光明日报》编辑。

我这永久的悔就是：不该离开故乡，离开母亲。

我出生在鲁西北一个极端贫困的村庄里。我们家是贫中之贫，真可以说是贫无立锥之地。“十年浩劫”中，我自己跳出来反对北大那一位倒行逆施但又炙手可热的“老佛爷”，被她视为眼中钉，必欲除之而后快。她手下的小喽啰们曾两次蹿到我的故乡，处心积虑把我“打”成地主，他们那种狗仗人势穷凶极恶的教师爷架子，并没有能吓倒我的乡亲。我小时候的一位伙伴指着他们的鼻子，大声说：“如果让整个官庄来诉苦的话，季羡林家是第一家！”

这一句话并没有夸大，他说的是实情。我祖父母早亡，留下了我父亲等三个兄弟，孤苦伶仃，无依无靠。最小的一叔送了人。我父亲和九叔饿得没有办法，只好到别人家的枣林里去捡落到地上的干枣充饥。这当然不是长久之计。最后兄弟俩被逼背井离乡，盲流到济南去谋生。此时他俩也不过十几二十岁。在举目无亲的大城市里，必然是经过千辛万苦，九叔在济南落住了脚。于是我父亲就回到了故乡，说是农民，但又无田可耕。又必然是经过千辛万苦，九叔从济南有时寄点儿钱回家，父亲赖以生活。不知怎么一来，竟然寻（读xin）上了媳妇，她就是我的母亲。母亲的娘家姓赵，门当户对，她家穷得同我们家差不多，否则也决不会结亲。她家里饭都吃不上，哪里有钱、有闲上学。所以我母亲一个字也不识，活了一辈子，连个名字都没有。她家是在另一个庄上，离我们庄五里路。这个五里路就是我母亲毕生所走的最长的距离。

北京大学那一位“老佛爷”要“打”成“地主”的人，也就是我，就出生在这样一个家庭里，就有这样一位母亲。

后来我听说，我们家确实也“阔”过一阵。大概在清末民初，九叔在东三省用口袋里剩下的最后五角钱，买了十分之一的湖北水灾奖券，中了奖。兄弟俩商量，要“富贵而归故乡”，回家扬一下眉，吐一下气。于是把钱运回家，九叔仍然留在城里，乡里的事由父亲一手张罗，他用荒唐离奇的价钱，买了砖瓦，盖了房子。又用荒唐离奇的价钱，置了一块带一口水井的田地。一时兴会淋漓，真正扬眉吐气了。可惜好景不长，我父亲又用荒唐离奇的方式，仿佛宋江一样，豁达大度，招待四方朋友。一转瞬间，盖成的瓦房又拆了卖砖，卖瓦。有水井的田地也改变了主人。全家又回归到原来的情况。我就是在这个时候，在这样的情况下降生到人间来的。

母亲当然亲身经历了这个巨大的变化。可惜，当我同母亲住在一起的时候，我只有几岁，告诉我，我也不懂。所以，我们家这一次陡然上升，又陡然下降，只像是昙花一现，我到现在也不完全明白。这个谜恐怕要成为永恒的谜了。

不管怎样，我们家又恢复到从前那种穷困的情况。后来听人说，我们家那时只有半亩多地。这半亩多地是怎么来的，我也不清楚。一家三口人就靠这半亩多地生活。城里的九叔当然还会给点儿接济，然而像中湖北水灾奖那样的事儿，一辈子有一次也不算少了。九叔没有多少钱接济他的哥哥了。

家里日子是怎样过的，我年龄太小，说不清楚。反正吃得极坏，这个我是懂得的。按照当时的标准，吃“白的”（指麦子面）最高，其次是吃小米面或棒子面饼子，最次是吃红高粱饼子，颜色是红的，像猪肝一样。“白的”与我们家无缘。“黄的”（小米面或棒子面饼子颜色都是黄的）与我们缘分也不大。终日为伍者只有“红的”。这“红的”又苦又涩，真是难以下咽。但不吃又害饿，我真有点儿谈“红”色变了。

但是，小孩子也有小孩子的办法。我祖父的堂兄是一个举人，他的夫人我喊她奶奶。他们这一支是有钱有地的。虽然举人死了，但家境依然很好。我这一位大奶奶仍然健在。她的亲孙子早亡，所以把全部的钟爱都倾注到我身上来。她是整个官庄能够吃“白的”的仅有的几个人中之一。她不但自己吃，而且每天都给我留出半个或者四分之一个白面馍馍来。我每天早晨一睁眼，立即跳下炕来向村里跑，我们家住在村外。我跑到大奶奶跟前，清脆甜美地喊上一声：“奶奶！”她立即笑得合不上嘴，把手缩回到肥大的袖子，从口袋里掏出一小块馍馍，递给我，这是我一天最幸福的时刻。

此外，我也偶尔能够吃一点儿“白的”，这是我自己用劳动换来的。一到夏天麦收季节，我们家根本没有什么麦子可收。对门住的宁家大婶子和大姑——她们家也穷得够呛——就带我到本村或外村富人的地里去“拾麦子”。所谓“拾麦子”就是别家的长工割过麦子，总还会剩下那么一点点麦穗，这些都是不值得一捡的，我们这些穷人就来“拾”。因为剩下的绝不会多，我们拾上半天，也不过拾半篮子，然而对我们来说，这已经是如获至宝了。一定是大婶和大姑对我特别照顾，以一个四五岁、五六岁的孩子，拾上一个夏天，也能拾上十斤八斤麦粒。这些都是母亲亲手搓出来的。为了对我加以奖励，麦季过后，母亲便把麦子磨成面，蒸成馍馍，或贴成白面饼子，让我解馋。我于是就大快朵颐了。

记得有一年，我拾麦子的成绩也许是有点儿“超常”。到了中秋节——农民嘴里叫“八月十五”——母亲不知从哪里弄了点儿月饼，给我掰了一块，我就蹲在一块石头旁边，大吃起来。在当时，对我来说，月饼可真是神奇的东西，龙肝凤髓也难以比得上的，我难得吃一次。我当时并没有注意，母亲是否也在吃。现在回想起来，她根本一口也没有吃。不但是月饼，连其他“白的”，母亲从来都没有尝过，都留给我吃了。她大概是毕生就与红色的高粱饼子为伍。到了歉年，连这个也吃不上，那就只有吃野菜了。

至于肉类，吃的回忆似乎是一片空白。我老娘家隔壁是一家卖煮牛肉的作坊。给农民劳苦耕耘了一辈子的老黄牛，到了老年，耕不动了，几个农民便以极其低的价钱买来，用极其野蛮的办法杀死，把肉煮烂，然后卖掉。老牛肉难煮，实在没有办法，农民就在肉锅里小便一通，这样肉就好烂了。农民心肠好，有了这种情况，就昭告四邻：“今天的肉你们别买！”老娘家穷，虽然极其疼爱我这个外孙，也只能用土罐子，花几个制钱，装一罐子牛肉汤，聊胜于无。记得有一次，罐子里多了一块牛肚子，这就成了我的专利。我舍不得一气吃掉，就用生了锈的小铁刀，一块一块地割着吃，慢慢地吃。这一块牛肚真可以同月饼媲美了。

“白的”、月饼和牛肚难得，“黄的”怎样呢？“黄的”也同样难得。但是，尽管我只有几岁，我却也想出了办法。到了春、夏、秋三个季节，庄外的草和庄稼都长起来了。我就到庄外去割草，或者到人家高粱地里去劈高粱叶。劈高粱叶，田主不但不禁止，而且还欢迎；因为叶子一劈，通风情况就能改进，高粱长得就能更好，粮食打得就能更多。草和高粱叶都是喂牛用的。我们家穷，从来没有养过牛。我二大爷家是有地的，经常养着两头大牛。我这草和高粱叶就是给它们准备的。每当我这个不到三块豆腐高的孩子背着一大捆草或高粱叶走进二大爷的大门，我心里有所恃而不恐，把草放在牛圈里，赖着不走，总能蹭上一顿“黄的”吃，不会被二大娘“卷”（我们那里的土话，意思是“骂”）出来。到了过年的时候，自己心里觉得，在过去的一年里，自己喂牛立了功，又有了勇气到二大爷家里赖着吃黄面糕。黄面糕是用黄米面加上枣蒸成的。颜色虽黄，却位列“白的”之上，因为一年只在过年时吃一次，物以稀为贵，于是黄面糕就贵了起来。

我上面讲的全是吃的东西。为什么一讲到母亲就讲起吃的东西来了呢？原因并不复杂。第一，我作为一个孩子容易关心吃的东西。第二，所有我在上面提到的好吃的东西，几乎都与母亲无缘。除了“红的”以外，其余她都不沾边儿。我在她身边只待到六岁，以后两次奔丧回家，待的时间也很短。现在我回忆起来，连母亲的面影都是迷离模糊的，没有一个清晰的轮廓。特别有一点，让我难解而又易解：我无论如何也回忆不起母亲的笑容来，她好像是一辈子都没有笑过。家境贫困，儿子远离，她受尽了苦难，笑容从何而来呢？有一次我回家听对面的宁大婶子告诉我说："你娘经常说：'早知道送出去回不来，我无论如何也不会放他走的！'"简短的一句话里面含着多少辛酸，多少悲伤啊！母亲不知有多少日日夜夜，眼望远方，盼望自己的儿子回来啊！然而这个儿子却始终没有归去，一直到母亲离开这个世界。

对于这个情况，我最初懵懵懂懂，理解得并不深刻。到了上高中的时候，自己大了几岁，逐渐理解了。但是自己寄人篱下，经济不能独立，空有雄心壮志，怎奈无法实现，我暗暗地下定了决心，立下了誓愿：一旦大学毕业，自己找到工作，立即迎养母亲，然而没有等到我大学毕业，母亲就离开我走了，永远永远地走了。古人说："树欲静而风不止，子欲养而亲不待。"这话正应到我身上。我不忍想象母亲临终思念爱子的情况；一想到，我就会心肝俱裂，眼泪盈眶。当我从北平赶回济南，又从济南赶回清平奔丧的时候，看到了母亲的棺材，看到那简陋的屋子，我真想一头撞死在棺材上，随母亲于地下。我后悔，我真后悔，我千不该万不该离开了母亲。世界上无论什么名誉，什么地位，什么幸福，什么尊荣，都比不上待在母亲身边，即使她一个字也不识，即使整天吃"红的"。

这就是我的"永久的悔"。

月是故乡明

每个人都有个故乡。人人的故乡都有个月亮。人人都爱自己的故乡的月亮。事情大概就是这个样子。

但是，如果只有孤零零一个月亮，未免显得有点儿孤单。因此，在中国古代诗文中，月亮总有什么东西当陪衬，最多的是山和水，什么“山高月小”“三潭印月”，等等，不可胜数。

我的故乡是在山东西北部大平原上。我小的时候，从来没有见过山，也不知山为何物。我曾幻想，山大概是一个圆而粗的柱子吧，顶天立地，好不威风。以后到了济南，才见到山，恍然大悟：山原来是这个样子呀！因此，我在故乡里望月，从来不同山联系。像苏东坡说的“月出于东山之上，徘徊于斗牛之间”，完全是我无法想象的。

至于水，我的故乡小村却大大地有。几个大苇坑占了小村面积一多半。在我这个小孩子眼中，虽不能像洞庭湖“八月湖水平”那样有气派，但也颇有一点儿烟波浩渺之势。到了夏天，黄昏以后，我在坑边的场院里躺在地上，数天上的星星。有时候在古柳下面点起篝火，然后上树一摇，成群的知了飞落下来，比白天用嚼烂的麦粒去粘要容易得多。我天天晚上乐此不疲，天天盼望黄昏早早来临。

到了更晚的时候，我走到坑边，抬头看到晴空一轮明月，清光四溢，与水里的那个月亮相映成趣。我当时虽然还不懂什么叫诗兴，但也顾而乐之，心中油然有什么东西在萌动。我有时候在坑边玩儿很久，才回家睡觉，在梦中见到两个月亮叠在一起，清光更加晶莹澄澈。第二天一早起来，我到坑边苇子丛里去捡鸭子下的蛋，白白地一闪光，手伸向水中，一摸就是一个蛋。此时更是乐不可支了。

我只在故乡待了六年，以后就离乡背井，漂泊天涯。在济南住了十多年，在北京度过四年，又回到济南待了一年，然后在欧洲住了近十一年，重又回到北京，到现在已经四十多年了。在这期间，我曾到过世界上将近三十个国家，我看过许许多多的月亮。在风光旖旎的瑞士莱茫湖上，在平沙无垠的非洲大沙漠中，在碧波万顷的大海中，在巍峨雄奇的高山上，我都看到过月亮。这些月亮应该说都是美妙绝伦的，我都异常喜欢。但是，看到它们，我立刻就想到我故乡中那个苇坑上面和水中的那个小月亮。对比之下，无论如何我也感到，这些广阔世界的大月亮，万万比不上我那心爱的小月亮。不管我离开我的故乡多少万里，我的心立刻就飞来了。我的小月亮，我永远忘不掉你！

我现在已经年近耄耋，住的朗润园是燕园胜地。夸大一点儿说，此地有茂林修竹，绿水环流，还有几座土山点缀其间。风光无疑是绝妙的。前几年，我从庐山休养回来，一个同在庐山休养的老朋友来看我。他看到这样的风光，慨然说："你住在这样的好地方，还到庐山去干吗呢！"可见朗润园给人印象之深。此地既然有山，有水，有树，有竹，有花，有鸟，每逢望夜，一轮当空，月光闪耀于碧波之上，上下空蒙，一碧数顷，而且荷香远溢，宿鸟幽鸣，真不能不说是赏月胜地。荷塘月色的奇景，就在我的窗外。不管是谁来到这里，难道还能不顾而乐之吗？

然而，每值这样的良辰美景，我想到的却仍然是故乡苇坑里那个平凡的小月亮。见月思乡，已经成为我经常的经历。思乡之病，说不上是苦是乐，其中有追忆，有惘怅，有留恋，有惋惜。流光如逝，时不再来。在微苦中实有甜美在。

月是故乡明，我什么时候能够再看到我故乡里的月亮呀！我怅望南天，心飞向故里。

叁……

故事，藏在记忆深处

我曾在这里快乐过，苦恼过，追求过，
幻灭过，动摇过，坚持过。
这一座小城实际上决定了我一生要走的道路。

回忆一师附小

学校全名应该是山东省立第一师范附属小学。

我于1917年阴历年时分从老家山东清平（现划归临清市）到了济南，投靠叔父。大概就在这一年，念了几个月的私塾，地点在曹家巷。第二年，就上了一师附小。地点在南城门内升官街西头。所谓“升官街”，与升官发财毫无关系。“官”是“棺”的同音字，这一条街上棺材铺林立。大家忌讳这个“棺”字，所以改谓升官街，礼也。

附小好像是没有校长，由一师校长兼任。当时的一师校长是王士栋，字祝晨，绰号“王大牛”。他是山东教育界的著名人物。民国一创建，他就是活跃的积极分子，担任过教育界的什么高官，同鞠思敏先生等同为山东教育界的元老，在学界享有盛誉。当时，一师和一中并称，都是山东省立重要的学校，因此，一师校长也是一个重要的职位。在一个七八岁的小学生眼中，校长宛如在九天之上，可望而不可即，可是命运真正会捉弄人，在十六年以后，在1934年，我在清华大学毕业后到山东省立济南高中来教书，王祝晨老师也在这里教历史，我们成了平起平坐的同事。在王老师方面，在一师附小时，他根本不会知道我这样一个小学生，他对此事，绝不会有什么感触。而在我呢，情况却迥然不同，一方面我对他执弟子礼甚恭，一方面又是同事，心里直乐。

我大概在一师附小只待了一年多，不到两年，因为在我的记忆中换过一次教室，足见我在那里升过一次级。至于教学的情况，老师的情况，则一概记不起来了。唯一的残留在记忆中的一件小事，就是认识了一个“盔”字，也并不是在国文课堂上，而是在手工课堂上。老师教我们用纸折叠东西，其中有一个头盔，知道我们不会写这个字，所以用粉笔写在黑板上。这事情发生在一间大而长的教室中，室中光线不好，有点暗淡，学生人数不少。教员写完了这个字以后，回头看学生，戴着近视眼镜的脸上，有一丝笑容。

我在记忆里深挖，再深挖，实在挖不出多少东西来。学校的整个建筑，一团模糊。教室的情况，如云似雾。教师的名字，一个也记不住。学习的情况，如海上三山，糊里糊涂。总之是一点具体的影像也没有。我只记得，李长之是我的同班。因为他后来成了名人，所以才记得清楚，当时对他的印象也是模糊不清的。最奇怪的是，我记得了一个叫卞蕴珩的同学。他大概是长得非常漂亮，行为也极潇洒。对于一个七八岁的孩子来说，男女外表的美丑，他们是不关心的。可不知为什么，我竟记住了卞蕴珩，只是这个名字我就觉得美妙无比。此人后来再没有见过。对我来说，他成为一条神龙。

此外，关于我自己，还能回忆起几件小事。首先，我做过一次生意。我住在南关佛山街，走到西头，过马路就是正觉寺街。街东头有一个地方，叫新桥。这里有一所炒卖五香花生米的小铺子。铺子虽小，名气却极大。这里的五香花生米（济南俗称长果仁）又咸又香，远近驰名。我经常到这里来买。我上一师附小，一出佛山街就是新桥，可以称为顺路。有一天，不知为什么，我忽发奇想，用自己从早点费中积攒起来的一些小制钱（中间有四方孔的铜币）买了半斤五香长果仁，再用纸分包成若干包，带到学校里向小同学兜售，他们都震于新桥花生米的大名，纷纷抢购，结果我赚了一些小制钱，尝到做买卖的甜头，偷偷向我家的阿姨王妈报告。这样大概做了几次。我可真没有想到，自己在七八岁时竟显露出来了做生意的“天才”。可惜我以后“误”入“歧途”，“天才”没有得到发展。否则，如果我投笔从贾，说不定我早已成为一个大款，挥金如土，不像现在这样柴、米、油、盐、酱、醋、茶都要斤斤计算了。我是一个被埋没了的“天才”。

还有一件小事，就是滚铁圈。我一闭眼，仿佛就能看到一个八岁的孩子，用一根前面弯成钩的铁条，推着一个铁圈，在升官街上从东向西飞跑，耳中仿佛还能听到铁圈在青石板路上滚动的声音。这就是我自己。有一阵子，我迷上了滚铁圈这种活动。在南门内外的大街上没法推滚，因为车马行人，喧闹拥挤。一转入升官街，车少人稀，英雄就大有用武之地了。我用不着拐弯，一气就推到附小的大门。

然而，世事多变，风云突起。为了一件没有法子说是大是小的、说起来简直是滑稽的事儿，我离开了一师附小，转了学。原来，当时正是“五四”运动风起云涌的时候，而一师校长王祝晨是新派人物，立即起来响应，改文言为白话。忘记了是哪个书局出版的国文教科书中选了一篇名传世界的童话《阿拉伯的骆驼》，内容讲的是：在沙漠大风暴中，主人躲进自己搭起来的帐篷，而把骆驼留在帐外。骆驼忍受不住风沙之苦，哀告主人说：“只让我把头放进帐篷行不行？”主人答应了。过了一会儿，骆驼又哀告说：“让我把前身放进去行不行？”主人又答应了。又过了一会儿，骆驼又哀告说：“让我全身都进去行不行？”主人答应后，自己却被骆驼挤出了帐篷。童话的意义是非常清楚的。但是天有不测风云，这篇课文竟让叔父看到了。他大为惊诧，高声说：“骆驼怎么能说话呢！荒唐！荒唐！转学！转学！”

于是我立即转了学。从此一师附小只留在我的记忆中了。

回忆正谊中学

在过去的济南，正谊中学最多只能算是一所三流学校，绰号“破正谊”，与“烂育英”凑成一对，成为难兄难弟。但是，正谊三年毕竟是我生命中一个阶段，即使不是重要的阶段，也总能算是一个有意义的阶段。因此，我在过去写的许多文章中都谈到了正谊；但是，谈得很不全面，很不系统。现在想比较全面地，比较系统地叙述一下我在正谊三年的过程。

正谊中学坐落在济南大明湖南岸阎公祠（阎敬铭的纪念祠堂）内。原有一座高楼还保存着，另外又建了两座楼和一些平房。这些房子是什么时候建造的，我不清楚，也没有研究过。校内的景色是非常美的，特别是北半部靠近原阎公祠的那一部分。绿杨撑天，碧水流地。一条清溪从西向东流，尾部有假山一座，小溪穿山而过。登上阎公祠的大楼，可以看到很远的地方，向北望，大明湖碧波潋滟，水光接天。夏天则是荷香十里，绿叶擎天。向南望，是否能看到千佛山，我没有注意过。我那时才十三四岁，旧诗读得不多，对古代诗人对自然美景的描述和赞美，不甚了了，也没有兴趣。我的兴趣是在大楼后的大明湖岸边上。每到夏天，湖中长满了芦苇。芦苇丛中到处是蛤蟆和虾。这两种东西都是水族中的笨伯。在家里偷一根针，把针尖砸弯，拴上一条绳，顺手拔一条苇子，就成了钓竿似的东西。蛤蟆端坐在荷叶上，你只需抓一只苍蝇，穿在针尖上，把钓竿伸向它抖上两抖，蛤蟆就一跃而起，意思是想扑捉苍蝇，然而却被针尖钩住，捉上岸来。我也并不伤害它，仍把它放回水中。有了这个教训的蛤蟆是否接受教训，不再上当，我没法研究。这疑难问题，虽然比不上相对论，但要想研究也并不容易，只有请美国科学家们代劳了。最笨的还是虾。这种虾是长着一对长夹的那一种，齐白石画的虾就是这样的。对付它们，更不费吹灰之力，只需顺手拔一支苇子，看到虾，往水里一伸，虾们便用长夹夹住苇秆，死不放松，让我拖出水来。我仍然把它们再放回水中。我是醉翁之意不在酒，而在戏耍也。上下午课间的几个小时，我就是这样打发的。

我家住在南城，要穿过整个济南城才能到大明湖畔，因此中午不回家吃饭。婶母每天给两个铜圆当午餐费，一个铜圆买一块锅饼，大概不能全吃饱，另一个铜圆买一碗豆腐脑或一碗炸丸子，就站在校门外众多的担子旁边，狼吞虎咽，算是午饭，心里记挂的还是蛤蟆和虾。看到路旁小铺里卖的一个铜圆一碟的小葱拌豆腐，简直是垂涎三尺。至于那几个破烂小馆里的炒木樨肉等炒菜，香溢门外，则更是如望海上三山，可望而不可即了。有一次，从家里偷了一个馒头带在身边，中午可以节约一个铜圆，多喝一碗豆腐脑或炸丸子。惹得婶母老大不高兴。古话说“君子不二过”，从此不敢再偷了。又有一次，学校里举办什么庆祝会，我参加帮忙。中午每人奖餐券一张，到附近一个小馆里去吃一顿午饭。我如获至宝，昔日可望而不可即的地方，今天我终于来了，饱饱地吃了一顿，以致晚上回家，连晚饭都吃不下了。这也许是我生平吃得最饱的一顿饭。

我当时并不喜欢念书。我对课堂和老师的重视远远比不上我对蛤蟆和虾的兴趣。每次考试，好了可以考到甲等三四名，坏了就只能考到乙等前几名，在班上总还是高才生。其实我根本不计较这些东西。提到正谊的师资，因为是私立，工资不高，请不到好教员。班主任叫王烈卿，绰号“王劣子”，不记得他教过什么课，大概是一位没有什么学问的人，很不受学生的欢迎。有一位教生物学的教员，姓名全忘记了。他不认识“玫瑰”二字，读之为“久块”，其他概可想象了。

尚实英文学社

写完了正谊中学，必须写一写与正谊同时的尚实英文学社。

这是一个私人办的学社，坐落在济南城内按察司街南口一条巷子的拐角处。创办人叫冯鹏展，是广东人，不知道何时流寓在北方，英文也不知道是在哪里学的，水平大概是相当高的。他白天在几个中学兼任英文教员，晚上则在自己家里的前院里招生教英文。学生每月记得是交三块大洋。教员只有三位：冯鹏展先生、钮威如先生、陈鹤巢先生。他们都各有工作，晚上教英文算是副业；但是，他们教书都相当卖力气。学子趋之若鹜，总人数有七八十人。别人我不清楚，我自己是很有收获的。我在正谊之所以能在英文方面居全班之首，同尚实是分不开的。在中小学里，课程与课程在得分方面是很不相同的。历史、地理等课程，考试前只需临时抱佛脚死背一气，就必能得高分。而英文和国文则必须有根底才能得高分，而根底却是在相当长的时间内打下的，现上轿现扎耳朵眼是办不到的。在北园山大高中时期，我有一个同班同学，名叫叶建桪，记忆力特强。但是，两年考了四次，我总是全班状元，他总屈居榜眼，原因就是其他杂课他都能得高分，独独英文和国文，他再聪明也是上不去，就因为他根底不行。我的英文之所以能有点根底，同尚实的教育是紧密相连的。国文则同叔父的教育和徐金台先生是分不开的。

说句老实话，我当时并不喜欢读书，也无意争强，对大明湖蛤蟆的兴趣远远超过书本。现在回想起来，当时对我的压力真够大的。每天（星期天当然除外）早上从南关穿过全城走到大明湖，晚上五点再走回南关。吃完晚饭，立刻就又进城走到尚实英文学社，晚九点回家，真可谓马不停蹄了。但是，我并没有感觉到什么压力，在精神上和肉体上都没有。每天晚上，尚实下课后，我并不急于回家，往往是一个人沿着院东大街向西走，挨个儿看马路两旁的大小铺面，有的还在营业。当时电灯并不明亮。大铺子，特别是那些卖水果的大铺子，门口挂上一盏大的煤气灯，照耀得如同白昼，下面摆着摊子，在冬天也陈列着从南方运来的香蕉和橘子，再衬上本地产的苹果和梨，红绿分明，五光十色，真正诱人。我身上连一个铜板都没有，只能过屠门而大嚼，徒饱眼福。然而却百看不厌，每天晚上必到。一直磨蹭到十点多才回到家中。第二天一大早就又要长途跋涉了。

我就是这样度过了三年的正谊中学时期和几乎同样长的尚实英文学社时期，当时我十二岁到十五岁。

我的生活和学习

关于生活，上面[①]谈到的学生生活，我都有份儿，这里用不着再来重复。

但是，我也有独特的地方，我喜欢自然风光，特别是早晨和夜晚。早晨，在吃过早饭以后上课之前，在春秋佳日，我常一个人到校舍南面和西面的小溪旁去散步，看小溪中碧水潺潺，绿藻漂动，顾而乐之，往往看上很久。到了秋天，夜课以后，我往往一个人走出校门在小溪边上徘徊流连。上面我曾提到王崑玉老师出的作文题“夜课后闲步校前溪观捕蟹记”，讲的就是这个情景。我最喜欢看的就是捕蟹。附近的农民每晚来到这里，用苇箔插在溪中，小溪很窄，用不了多少苇箔，水能通过苇箔流动，但是鱼蟹则是过不去的。农民点一盏煤油灯，放在岸边。我在回忆正谊中学的文章中，曾说到蛤蟆和虾是动物中的笨伯。现在我要

① 本文摘自《回忆北园山大附中》一文，此处提到的内容没有收录。——编者注

说，螃蟹绝不比它们聪明。在夜里，只要看见一点亮就从芦苇丛中爬出来，奋力爬去，爬到灯边，农民一伸手就把它捉住，放在水桶里，等待上蒸笼。间或也有大鱼游来，被苇箔挡住，游不过去，又不知回头，只在箔前跳动。这时候农民就不能像捉螃蟹那样，一举手，一投足，就能捉到一只，必须动真格的了。只见他站起身来，举起带网的长竿，鱼越大，劲越大，它不会束"手"待捉，奋起抵抗，往往斗争很久，才能把它捉住。这是我最爱看的一幕。我往往蹲在小溪边上，直到夜深。

在学习方面，我现在开始买英文书。我经济大概是好了一点，不像上正谊时那么窘，节衣缩食，每年能省出二三块大洋，我就用这钱去买英文书。买英文书，只有一个地方，就是日本东京的丸善书店。办法很简便，只需写一张明信片，写上书名，再加上三个英文字母COD（cash on delivery），日文叫作"代金引换"，意思就是：书到了以后，拿着钱到邮局去取书。我记得，在两年之内，我只买过两三次书，其中至少有一次买的是英国作家Kipling（吉卜林）的短篇小说集。不知道为什么我当时竟迷上了Kipling。后来学了西洋文学，才知道，他在英国文学史上是一个上不得大台盘的作家。我还试着翻译过他的小说，只译了一半，稿子早就不知道丢到哪里去了。反正我每次接到丸善书店的回信，就像过年一般地欢喜。我立即约上一个比较要好的同学，午饭后，立刻出发，沿着胶济铁路，步行走向颇远的商埠，到邮政总局去取书，当然不会忘记带上两三元大洋。走在铁路上的时候，如果适逢有火车开过，我们就把一枚铜圆放在铁轨上，火车一过，拿来一看，已经压成了扁的，这个铜圆当然就作废了，这完全是损己而不利人的恶作剧。要知道，当时我们才十五六岁，正是顽皮的时候，不足深责的。有一次，我特别惊喜。我们在走上铁路之前，走在一块荷塘边上。此时塘里什么都没有，荷叶、苇子和稻子都没有。一片清水像明镜一般展现在眼前，“天光云影共徘徊”，风光极为秀丽。我忽然见（不是看）到离开这二三十里路的千佛山的倒影清晰地印在水中，我大为惊喜。记得刘铁云《老残游记》中曾写到在大明湖看到千佛山的倒影。有人认为荒唐，离开二十多里，怎能在大明湖中看到倒影呢？我也迟疑不决。今天竟于无意中看到了，证明刘铁云观察得细致和准确，我怎能不狂喜呢？

从邮政总局取出了丸善书店寄来的书以后，虽然不过是薄薄的一本，然而内心里却似乎增添了极大的力量。一种语言文字无法传达的幸福之感油然溢满心中。在走回学校的路上，虽然已经步行了二十多里路，却一点也感不到疲倦。同来时比较起来，仿佛感到天空更蓝，白云更白，绿水更绿，草色更青，荷花更红，荷叶更圆，蝉声更响亮，鸟鸣更悦耳，连刚才看过的千佛山倒影也显得更清晰，脚下的黄土也都变成了绿茵，踏上去软绵绵的，走路一点也不吃力。这是我第一次用自己省下来的钱买自己心爱的英文书的感觉，七十多年以后的今天，一回忆起来，仍仿佛就在眼前。这种好买书的习惯一直伴随着我，至今丝毫没有减退。

北园高中对我一生的影响，还不仅仅是培养购书的兴趣一项，还有更重要的影响。这种影响是关键性的，夸大一点说是一种质变。

我在许多文章中都写到过，我幼无大志。小学毕业后，我连报考著名一中的勇气都没有，可见我懦弱、自卑到什么程度。在回忆新育小学和正谊中学的文章中，特别是在第二篇中，我曾写到，当时表面上看起来很忙；但是我并不喜欢念书，只是贪玩。考试时虽然成绩颇佳，距离全班状元道路十分近，可我从来没有产生过当状元的野心，对那玩意儿一点兴趣都没有。钓虾、捉蛤蟆对我的引诱力更大。至于什么学者，我更不沾边儿，我根本不知道天壤间还有学者这一类人物。自己这一辈子究竟想干什么，也从来没有想过。朦朦胧胧地似乎觉得，自己反正是一个上不得台盘的人，一辈子能混上一个小职员当当，也就心满意足了。我常想，自己是有自知之明的，但是自知得过了头，变成了自卑。家里的经济情况始终不算好。叔父对我大概也并不望子成龙，婶母则是希望我尽早能挣钱。正谊中学毕业后，我曾被迫去考邮政局，邮政局当时是在外国人手中，公认是铁饭碗。幸而我没有被录取。否则我就会干一辈子邮政局，完全走另外一条路了。

但是，人的想法是能改变的，有时甚至是一百八十度的改变。我在北园高中就经历了这样的改变，这一次改变，不是由于我参禅打坐顿悟而来的，也不是由于天外飞来的什么神力，而完全是由于一件非常偶然的事件。

北园高中是附设在山东大学之下的。当时山大校长是山东教育厅长王寿彭，是前清倒数第二或第三位状元，是有名的书法家，提倡尊孔读经。我在上面曾介绍过高中的教员，教经学的教员就有两位，可见对读经的重视，我想这与状元公不无关联。这时的山东督军是东北军的张宗昌，绿林出身，绰号狗肉将军，不知道自己有多少兵，不知道自己有多少钱，不知道自己有多少姨太太，以这“三不知”蜚声全国。他虽一字不识，也想附庸风雅。有一次竟在山东大学校本部举行祭孔大典，状元公当然必须陪同。督军和校长一律长袍马褂，威仪俨然。我们附中学生十五六岁的大孩子也奉命参加，大概想对我们进行尊孔的教育吧。可惜对我们这一群不识抬举的顽童来说，无疑是对牛弹琴。我们感兴趣的不是三跪九叩，而是院子里的金线泉。我们围在泉旁，看一条金线从泉底袅袅地向上漂动，觉得十分可爱，久久不想离去。

在第一年级第一学期结束时考试完毕以后，状元公忽然要表彰学生了。大学的情况我不清楚，恐怕同高中差不多。高中表彰的标准是每一班的甲等第一名，平均分数达到或超过九十五分者，可以受到表彰。表彰的办法是得到状元公亲书的一个扇面和一副对联。王寿彭的书法本来就极有名，再加上状元这一个吓人的光环，因此他的墨宝就极具有经济价值和荣誉意义，很不容易得到的。高中共有六个班，当然就有六个甲等第一名，但他们的平均分数都没有达到九十五分。只有我这个甲等第一名平均分数是九十七分，超过了标准，因此，我就成了全校中唯一获得状元公墨宝的人，这当然算是极高的荣誉。不知是何方神灵呵护，经过了七十多年，经过了不知道多少世局动荡，这一个扇面竟然保留了下来，一直保留到今天。扇面的全文是：

净几单床月上初，
主人对客似僧庐。
春来预作看花约，
贫去宜求种树书。
隔巷旧游成结托，
十年豪气早销除。
依然不坠风流处，
五亩园开手剪蔬。

录樊榭山房诗　丁卯夏五
羡林老弟止　王寿彭

至于那一副对联，似尚存在于天壤间。但踪迹虽有，尚未到手。大概当年家中绝粮时，婶母取出来送给了名闻全国的大财主山东章丘旧津孟家，换面粉一袋，孟家是婶母的亲戚。这个踪迹是友人山大蔡德贵教授侦查出来的。我非常感激他；但是，从寄来的对联照片来看，字迹不类王寿彭，而且没有“羡林老弟”这几个字。因此，我有点怀疑。我已经发出了“再探”的请求，将来究竟如何，只有“且看下回分解”了。

王状元这一个扇面和一副对联对我的影响万分巨大，这看似出乎意料，实际上却在意料之中。虚荣心恐怕人人都有一点的，我自问自己的虚荣心不比任何人小。我屡次讲到幼无大志，讲到自卑，这其实就是有虚荣心的一种表现。如果一点虚荣心都没有，哪里还会有什么自卑呢?

这里面有三层意思。第一层意思是，九十七分这个平均分数给了我许多启发和暗示。我在上面已经说到过，分数与分数之间是不相同的。像历史、地理等的课程，只要不是懒虫或者笨伯，考试前，临时抱一下佛脚，硬背一通，得个高分并不难。但是，像国文和英文这样的课程，必须有长期的积累和勤奋，还须有一定的天资，才能有所成就，得到高分。如果没有基础，临时无论怎样努力，也是无济于事的。我大概是在这方面有比较坚实的基础，非其他五个甲等第一名可比。他们的国文和英文也绝不会太差，否则就考不到第一名。但是，同我相比，恐怕要稍逊一筹。每念及此，心中未免有点沾沾自喜，觉得过去的自卑实在有点莫名其妙，甚至有点可笑了。

第二层意思是，这样的荣誉过去从未得到过，它是来之不易的。现在于无意中得之，就不能让它再丢掉，如果下一学期我考不到甲等第一，我这一张脸往哪里搁呀！这是最原始最简单的虚荣心，然而就是这一点虚荣心，促使我在学习上改弦更张，要认真埋头读书了。就在不到一年前的正谊中学时期，虾和蛤蟆对我的引诱力远远超过书本。眼前的北园，荷塘纵横，并不缺少虾和蛤蟆，然而我却视而不见了。俗话说“浪子回头金不换”，我现在成了回头的浪子、勤奋用功的好学生了。

第三层意思是，我原来的想法是，中学毕业后，当上一个小职员，抢到一只饭碗，浑浑噩噩地，甚至窝窝囊囊地过上一辈子，算了。我只是一条小蛇，从来没有幻想成为一条大龙。这一次表彰却改变了我的想法：自己即使不是一条大龙，也绝不是一条平庸的小蛇，最明显的例证是几年以后我到北京来报考大学的情况。当时北京的大学五花八门，鱼龙混杂，有的从几十个报考者中选一人，而有的则是来者不拒，因为多一个学生就多一份学费。从山东来的几十名学员中大都报考六七个大学，我则信心十足地只报考了北大和清华。这同小学毕业时不敢报考一中，形成了鲜明的对比。好像我变了一个人。

以上三层意思说明了我从自卑到自信，从不认真读书到勤奋学习，一个关键就是虚荣心。是虚荣心作祟呢？还是虚荣心作福？我认为是后者。虚荣心是不应当一概贬低的。王状元表彰学生可能完全是出于偶然性，他万万不会想到，一个被他称为“老弟”的十五岁的大孩子，竟由于这个偶然事件而改变为另一个人。我永远不会忘记王寿彭老先生。

北园高中可回忆的东西还有一些，但是最重要的印象、最深的印象上面都已经写到了。因此，我的回忆就写到这里为止。

我在北园白鹤庄的两年，我十五岁到十六岁，正是英国人称之为teen的年龄，也就是人生最美好的年龄。我的少年，因为不在母亲身边，并不能说是幸福的，但是，我在白鹤庄，却只能说是幸福的。只是“白鹤庄”这个名字，就能引起人们许多美丽的幻影。古人诗“西塞山前白鹭飞”，多么美妙绝伦的情境。我不记得在白鹤庄曾见到白鹭；但是，从整个北园的景色来看，有白鹭飞来是必然会有的。到了现在，我离开北园已经七十多年了，再没有回去过。可是我每每会想到北园，想到我的teen，每一次想到，心头总会油然漾起一股无比温馨、无比幸福的感情，这感情将会伴我终生。

2002年2月24日写完

羡林按：以上一段文字是去年2月写的。到今天还不到一年的时间。前几天，李玉洁和杨锐整理我的破旧东西，突然发现了王状元的这副对联。打开一看，楮墨如新。写的是：

羡林老弟雅誓

才华舒展临风锦

意气昂藏出岫云

王寿彭

我们都大喜过望，一个六十岁老状元对一个十六岁的大孩子的赞誉使我忐忑不安，真仿佛有神灵呵护，才出现了这样一个奇迹。

我在清华大学念书的时候

我少无大志，从来没有想到做什么学者。中国古代许多英雄，根据正史的记载，都颇有一些豪言壮语：什么“大丈夫当如是也！”什么“彼可取而代也！”又是什么“燕雀焉知鸿鹄之志哉？”真正掷地作金石声，令我十分敬佩，可我自己不是那种人。

在我读中学的时候，像我这种从刚能吃饱饭的家庭出身的人，唯一的目的和希望就是——用当时流行的口头语来说——能抢到一只“饭碗”。当时社会上只有三个地方能生产“铁饭碗”：一个是邮政局，一个是铁路局，一个是盐务稽核所。这三处地方都掌握在不同国家的帝国主义分子手中。在那半殖民地的社会里，“老外”是上帝。不管社会多么动荡不安，不管“城头”多么“变幻大王旗”，“老外”是谁也不敢碰的。他们生产的“饭碗”是“铁”的，砸不破，摔不碎。只要一碗在手，好好干活，不违“洋”命，则终生会有饭吃，无忧无虑，成为羲皇上人。

我的家庭也希望我在高中毕业后能抢到这样一只“铁饭碗”。我不敢有违严命，高中毕业后曾报考邮政局。若考取后，可以当一名邮务生。如果勤勤恳恳，不出娄子，干上十年二十年，也可能熬到一个邮务佐，算是邮局里的一个芝麻绿豆大的小官了。就这样混上一辈子，平平安安，无风无浪。幸乎？不幸乎？我没有考上。大概面试的“老外”看我不像那样一块料，于是我名落孙山了。

在这样的情况下，我才报考了大学。北大和清华都录取了我。我同当时众多的青年一样，也想出国去学习，目的只在“镀金”，并不是想当什么学者。“镀金”之后，容易抢到一只饭碗，如此而已。在出国方面，我以为清华条件优于北大，所以舍后者而取前者。后来证明，我这一宝算是押中了。这是后事，暂且不提。

清华是当时两大名牌大学之一，前身叫留美预备学堂，是专门培养青年到美国去学习的。留美若干年镀过了金以后，回国后多为大学教授，有的还做了大官。在这些人里面究竟出了多少真正的学者，没有人做过统计，我不敢瞎说。同时并存的清华国学研究院，是一所很奇特的机构，仿佛是西装革履中一袭长袍马褂，非常不协调。然而在这个不起眼的机构里却有名闻宇内的四大导师：梁启超、王国维、陈寅恪、赵元任。另外有一名年轻的讲师李济，后来也成了大师，担任了台湾“中央研究院”的院长。这个国学研究院，与其说它是一所现代化的学堂，毋宁说它是一所旧日的书院。一切现代化学校必不可少的烦琐的规章制度，在这里似乎都没有。师生直接联系，师了解生，生了解师，真正做到了循循善诱，因材施教。虽然只办了几年，梁、王两位大师一去世，立即解体，然而所创造的业绩却是非同小可。我不确切知道究竟毕业了多少人，估计只有几十个人，但几乎全都成了教授，其中有若干位还成了学术界的著名人物。听史学界的朋友说，中国20世纪30年代后形成了一个学术派别，名叫“吾师派”，大概是由某些人写文章常说的“吾师梁任公”“吾师王静安”“吾师陈寅恪”等衍变而来的。从这一件小事也可以看到清华国学研究院在学术界影响之大。

吾生也晚，没有能亲逢国学研究院的全盛时期。我于1930年入清华时，留美预备学堂和国学研究院都已不再存在，清华改成了国立清华大学。清华有一个特点：新生投考时用不着填上报考的系名，录取后，再由学生自己决定入哪一个系；读上一阵，觉得不恰当，还可以转系。转系在其他一些大学中极为困难——比如说现在的北京大学，但在当时的清华，却真易如反掌。可是根据我的经验：世上万事万物都具有双重性。没有入系的选择自由，很不舒服；现在有了入系的选择自由，反而更不舒服。为了这个问题，这还真伤了点脑筋。系科盈目，左右掂量，好像都有点吸引力，究竟选择哪一个系呢？我一时好像变成了莎翁剧中的Hamlet，碰到了To be or not to be—that is the question。我是从文科高中毕业的，按理说，文科的系对自己更适宜。然而我却忽然一度异想天开，想入数学系，真是“可笑不自量”。经过长时间的考虑，我决定入西洋文学系（后改名外国语文系）。这一件事也证明我“少无大志”，我并没有明确的志向，想当哪一门学科的专家。

当时的清华大学的西洋文学系，在全国各大学中是响当当的名牌。原因据说是由于外国教授多，讲课当然都用英文，连中国教授讲课有时也用英文。用英文讲课，这可真不得了呀！只是这一条就能够发聋振聩，于是就名满天下了。我当时未始不在被振发之列，又同我那虚无缥缈的出国梦联系起来，我就当机立断，选了西洋文学系。

从1930年到现在，六十七个年头已经过去了。所有的当年的老师都已经去世了。最后去世的一位是后来转到北大来的美国的温德先生，去世时已经活过了一百岁。我现在想根据我在清华学习四年的印象，对西洋文学系做一点评价，谈一谈我个人的一点看法。我想先从古希腊找一张护身符贴到自己身上：“吾爱吾师，吾尤爱真理。”有了这一张护身符，我就可以心安理得，能够畅所欲言了。

我想简略地、实事求是地对西洋文学系的教授阵容做一点分析。我说“实事求是”，至少我认为是实事求是，难免有不同的意见，这就是平常所谓的“仁者见仁，智者见智”了。我先从系主任王文显教授谈起。他的英文极好，能用英文写剧本，没怎么听他说过中国话。他是莎士比亚研究的专家，有一本用英文写成的有关莎翁研究的讲义，似乎从来没有出版过。他隔年开一次莎士比亚的课，在堂上念讲义，一句闲话也没有。下课铃一摇，合上讲义走人。多少年来，都是如此。讲义是否随时修改，不得而知。据老学生说，讲义基本上不做改动。他究竟有多大学问，我不敢瞎说。他留给学生最深的印象是他充当冰球裁判时那种脚踏溜冰鞋似乎极不熟练的战战兢兢、如履薄冰的神态。

现在我来介绍温德教授。他是美国人，怎样到清华来的，我不清楚。他教欧洲文艺复兴文学和第三年法语。他终身未娶，死在中国。据说他读的书很多，但没见他写过任何学术文章。学生中流传着有关他的许多逸闻趣事。他说，在世界上所有的宗教中，他最喜爱的是伊斯兰教，因为伊斯兰教的"天堂"很符合他的口味。学生中流传的逸闻之一就是：他身上穿着五百块大洋买来的大衣（当时东交民巷外国裁缝店的玻璃橱窗中摆出一块呢料，大书"仅此一块"。被某一位冤大头买走后，第二天又摆出同样一块，仍然大书"仅此一块"。价钱比平常同样的呢料要贵上五到十倍），腋下夹着十块钱一册的《万人丛书》（*Everyman's Library*）（某一国的老外名叫Vetch，在北京饭店租了一间铺面，专售西书。他把原有的标价剪掉，然后抬高四五倍的价钱卖掉），眼睛上戴着用八十块大洋配好但把镜片装反了的眼镜，徜徉在水木清华的林荫大道上，昂首阔步，醉眼蒙眬。

现在介绍翟孟生教授。他也是美国人，教西洋文学史。听说他原是清华留美预备学堂的理化教员。后来学堂撤销，改为大学，他就留在西洋文学系。他大概是颇为勤奋，确有著作，而且是厚厚的大大的巨册，在商务印书馆出版，书名叫*A Survey of European Literature*。读了可以对欧洲文学得到一个完整的概念。但是，书中错误颇多，特别是在叙述某一部名作的故事内容中，时有张冠李戴之处。学生们推测，翟老师在写作此书时，手头有一部现成的欧洲文学史，又有一本Story Book。讲一段文学发展的历史事实，遇到名著，则查一查Story Book？没有时间和可能尽读原作，因此名著内容印象不深，稍一疏忽，便出讹误。不是行家出身，这种情况实在是难以避免的。我们不应苛责翟孟生老师。

现在介绍吴可读教授。他是英国人，讲授中世纪文学。他既无著作，也不写讲义。上课时他顺口讲，我们顺手记，究竟学到了些什么东西，我早已忘到九霄云外去了。他还讲授当代长篇小说一课。他共选了五部书，其中包括当时才出版不太久但已赫赫有名的《尤利西斯》和《追忆逝水年华》。此外还有托马斯·哈代的《还乡》，伍尔芙和劳伦斯各一部。第一二部谁也不敢说完全看懂。我只觉迷离模糊，不知所云。根据现在的研究水平来看，我们的吴老师恐怕也未必能够全部透彻地了解。

现在介绍毕莲教授。她是美国人。我也不清楚她是怎样到清华来的，听说她在美国教过中小学。她在清华讲授中世纪英语，也是一无著作，二无讲义。她的拿手好戏是能背诵英国大诗人Chaucer的*The Canterbury Tales*开头的几段。听老同学说，每逢新生上她的课，她就背诵那几段，背得滚瓜烂熟，先给学生一个下马威。以后呢？以后就再也没有什么新花样了。年轻的学生们喜欢品头论足，说些开玩笑的话。我们说：程咬金还能舞上三板斧，我们的毕老师却只能砍上一板斧。

下面介绍两位德国教授。第一位是石坦安，讲授第三年德语。不知道他的专长何在，只是教书非常认真，颇得学生的喜爱。此外我对他便一无所知了。第二位是艾克，字锷风。他算是我的业师，他教我第四年德文，并指导我的学士论文。他在德国拿到过博士学位，主修的好像是艺术史。他精通希腊文和拉丁文，偏爱德国古典派的诗歌，对于其名最初隐而不彰后来却又大彰的诗人薛德林（Hölderlin）情有独钟，经常提到他。艾克先生教书并不认真，也不愿费力。有一次我们几个学生请他用德文讲授，不用英文，他便用最快的速度讲了一通，最后问我们："Verstehen Sie etwas davon?"（你们听懂了什么吗？）我们瞠目结舌，敬谨答曰："NO!"从此天下太平，再也没有人敢提用德文讲授的事。他学问是有的，曾著有一部厚厚的《宝塔》，是用英文写的，利用了很丰富的资料和图片，专门讲中国的塔。这一部书在国外汉学界颇有一些名气。他的另外一部专著是研究中国明代家具的，附了很多图表，篇幅也相当多，由此可见他的研究兴趣之所在。他工资极高，孤身一人，租赁了当时辅仁大学附近的一座王府，他就住在银安殿上，雇了几个听差和厨师。他收藏了很多中国古代名贵字画，坐拥画城，享受王者之乐。1946

年，我回到北京时，他仍在清华任教。此时他已成了家，夫人是一位中国女画家，年龄比他小一半，年轻貌美。他们夫妇请我吃过烤肉。北京一解放，他们就流落到夏威夷。艾锷风老师久已谢世，他的夫人还健在。

我在上面提到过，我的学士论文是在艾锷风老师指导下写成的，是用英文写的，题目是*The Early Poems of F. Höderlin*。英文原稿已经遗失，只保留下来了一份中文译文。一看这题目，就能知道是受到了艾先生的影响。现在回忆起来，我当时的德文水平不可能真正看懂薛德林的并不容易懂的诗句。当然，要说一点都不懂，那也不是事实。反正是半懂半不懂，囫囵吞枣，参考了几部《德国文学史》，写成了这一篇论文，分数是E（excellent，优）。我年轻时并不缺少幻想力，这是一篇幻想力加学术探讨写成的论文。本章的题目是“学术研究的发轫阶段”。如果这就算学术研究的话，说它是“发轫”，也未尝不可。但是，这个“轫”“发”得并不辉煌，里面并没有什么“天才的火花”。

现在再介绍西洋文学系的老师，先介绍吴宓（字雨僧）教授。他是美国留学生，是美国人文主义大师白璧德的弟子，在国内不遗余力地宣传自己老师的学说。他反对白话文，更反对白话文学。他联合了一些志同道合者，创办了《学衡》杂志，文章一律是文言。他自己也用文言写诗，后来出版了《吴宓诗集》。在中国文坛上，他属于右倾保守集团，没有什么影响。他给我们讲授两门课：一门是“英国浪漫诗人”，一门是“中西诗之比较”。在美国他入的是比较文学系。在中国，他是提倡比较文学的先驱者之一。但是，他在这方面的文章却几乎不见。就以我为例，“比较文学”这个概念当时并没有形成。如果真有文章的话，他并不缺少发表的地方，《学衡》和天津《大公报·文学副刊》都掌握在他手中。留给我印象最深的只是他那些连篇累牍的关于白璧德人文主义的论述文章。在“英国浪漫诗人”这一堂课上，我记得最清楚的是他让我们背诵那些浪漫诗人的诗句，有时候要背得很长很长。理论讲授我一点也回忆不起来了。在“中西诗之比较”这一堂课上，除了讲点西方的诗和中国的古诗之外，关于理论我的回忆中也是一片空白。反之，最难忘的却是，他把自己一些新写成的旧诗也铅印成讲义，在堂上散发。他那有名的《空轩诗》就是在这种情况下发到我们手中的。雨僧先生生性耿直，古貌古心，却流传着许多“绯闻”。他似乎爱过、追求过不少女士，最著名的一个是毛彦文。他曾有一首诗，开头两句是：“吴宓苦爱〇〇〇，三洲人士共惊闻。”隐含在三个〇里面的人名，用押韵的方式呼之欲出。“三洲”指的是亚、欧、美。这虽是诗人的夸大，但知道的人确实不少，这却是事实。他的《空轩诗》被学生在小报《清华周刊》上改写为打油诗，给他开了一个不大不小的玩笑。第一首的头两句被译成了“一见亚北貌似花，顺着秫秸往上爬”。“亚北”者，指一个姓欧阳的女生。关于这一件事，我曾在发表在香港《大公报·文学副刊》上的一篇谈叶公超先生的散文中写到过，这里不再重复。回头仍然讲吴先生的

“中西诗之比较”这一门课。为这一门课我曾写过一篇论文，题目忘记了，是师命或者自愿，我也忘记了。内容依稀记得是把陶渊明同一位英国浪漫诗人相比较，当然不会比出什么东西来的。我最近几年颇在一些文章和谈话中，对比较文学的“无限可比性”有所指责。x和y任何两个诗人或其他作家都可以硬拉过来一比，有人称之为“拉郎配”，是一个很形象的说法。焉知六十多年前自己就是一个“拉郎配”者或始作俑者。自己向天上吐的唾沫最终还是落到自己脸上，岂不尴尬也哉！然而这个事实我却无法否认。如果这样的文章也能算科学研究的“发轫”的话，我的发轫起点实在是很低的。但是，话又说了回来，在西洋文学系教授群中，讲真有学问的，雨僧先生算是一个。

下面介绍叶崇智（公超）教授。他教我们第一年英语，用的课本是英国女作家Jane Austen 的《傲慢与偏见》。他的教学法非常离奇，一不讲授，二不解释，而是按照学生的座次——我先补充一句，学生的座次是并不固定的——从第一排右手起，每一个学生念一段，依次念下去。念多么长？好像也并没有一定之规，他一声令下：Stop！于是就是Stop了。他问学生：“有问题没有？”如果没有，就是邻座的第二个学生念下去。有一次，一个同学提了一个问题，他大声喝道：“查字典去！”一声狮子吼，全堂愕然、萧然，屋里静得能听到彼此的呼吸声。从此天下太平，再没有人提任何问题了。就这样过了一年。公超先生英文非常好，对英国散文大概是很有研究的。可惜他惜墨如金，从来没见他写过任何文章。

在文坛上，公超先生大概属于新月派一系。他曾主编过——或者帮助编过一个纯文学杂志《学文》。我曾写过一篇散文《年》，送给了他。他给予这篇文章极高的评价，说我写的不是小思想、小感情，而是“人类普遍的意识”。他立即将文章送《学文》发表。这实出我望外，欣然自喜，颇有受宠若惊之感。为了表示自己的感激之情，兼怀有巴结之意，我写了一篇《我是怎样写起文章来的？》送呈先生。然而，这次却大出我意料，狠狠地碰了一个钉子。他把我叫了去，铁青着脸，把原稿掷给了我，大声说道：“我一个字都没有看！”我一时目瞪口呆，赶快拿着文章开路大吉。个中原因我至今不解。难道这样的文章只有成了名的作家才配得上去写吗？此文原稿已经佚去，我自己是自我感觉极为良好的。平心而论，我在清华四年，只写过几篇散文：《年》《黄昏》《寂寞》《枸杞树》，一直到今天，还是一片赞美声。清夜扪心，这样的文章我今天无论如何也写不出来了。我一生从不敢以作家自居，而只以学术研究者自命。然而具有讽刺意味的是：如果说我的学术研究起点低的话，我的散文创作的起点应该说是不低的。

公超先生虽然一篇文章也不写，但是，他并非懒于动脑筋的人。有一次，他告诉我们几个同学，他正考虑一个问题：在中国古代诗歌中人的感觉——或者只是诗人的感觉的转换问题。他举了一句唐诗：“静听松风寒。”最初只是用耳朵听，然而后来却变成了躯体的感受“寒”。虽然后来没见有文章写出，却表示他在考虑一些文艺理论的问题。当时教授与学生之间有明显的鸿沟：教授工资高，社会地位高，存在决定意识，由此就形成了“教授架子”这一个词儿。我们学生只是一群有待于到社会上去抢一只饭碗的碌碌青年。我们同教授们不大来往，路上见了面，也是望望然而去之，不敢用代替西方“早安”“晚安”一类的致敬词儿的“国礼”：“你吃饭了吗？”“你到哪里去呀？”去向教授们表示敬意。公超先生后来当了大官——台湾的“外交部长”。关于这一件事，我同我的一位师弟——一位著名的诗人——有不同的看法。我曾在香港《大公报·文学副刊》上发表过的一篇文章中提到此事。此文上面已提到。

现在再介绍一位不能算是主要教授的外国女教授，她是德国人华兰德小姐，讲授法语。她满头银发，闪闪发光，恐怕已经有了一把子年纪，终身未婚。中国人习惯称之为“老姑娘”。也许正因为她是“老姑娘”，所以脾气有点变态。用医生的话说，可能就是迫害狂。她教一年级法语，像是教初小一年级的学生。后来我领略到的那种德国外语教学方法，她一点都没有。极简单的句子，翻来覆去地教，令人从内心深处厌恶。她脾气却极坏，又极怪，每堂课都在骂人。如果学生的卷子答得极其正确，让她无辫子可抓，她就越发生气，气得简直浑身发抖，面红耳赤，开口骂人，语无伦次。结果是把百分之八十的学生全骂走了，只剩我们五六个不怕骂的学生。我们商量“教训”她一下。有一天，在课堂上，我们一齐站起来，对她狠狠地顶撞了一番。大出我们所料，她屈服了。从此以后，天下太平，再也没有看到她撒野骂人了。她住在当时燕京大学南面军机处的一座大院子里，同一个美国“老姑娘”相依为命，二人合伙吃饭，轮流每人管一个月的伙食。在这一个月中，不管伙食的那一位就百般挑剔，恶毒咒骂。到了下个月，人变换了位置，骂者与被骂者也颠倒了过来。总之是每月每天必吵。然而二人却谁也离不开谁，好像吵架已经成了生活中必不可缺的内容。

我在上面介绍了清华西洋文学系的大概情况，绝没有一句谎言。中国古话“为尊者讳，为贤者讳”，这道理我不是不懂。但是为了真理，我不能用撒谎来讳，我只能据实直说。我也绝不是说，西洋文学系一无是处。这个系能出像钱锺书和万家宝（曹禺）这样大师级的人物，必然有它的道理。我在这里无法详细推究了。

专就我个人而论，专从学术研究发轫这个角度上来看，我认为，我在清华四年，有两门课对我影响最大：一门是旁听而又因时间冲突没能听全的历史系陈寅恪先生的“佛经翻译文学”；一门是中文系朱光潜先生的“文艺心理学”，是一门选修课。这两门不属于西洋文学系的课程，我可万没有想到会对我终生产生了深刻而悠久的影响，绝非本系的任何课程所能相比于万一。陈先生上课时让每个学生都买一本《六祖坛经》。我曾到今天的美术馆后面的某一座大寺庙里去购买此书。先生上课时，任何废话都不说，先在黑板上抄写资料，把黑板抄得满满的，然后再根据所抄的资料进行讲解分析；对一般人都不注意的地方提出崭新的见解，令人顿生石破天惊之感，仿佛酷暑饮冰，凉意遍体，茅塞顿开。听他讲课，简直是最高、最纯的享受。这同他写文章的做法如出一辙。当时我对他的学术论文已经读了一些，比如《四声三问》等。每每还同几个同学到原物理楼南边王静安先生纪念碑前，共同阅读寅恪先生撰写的碑文，觉得文体与流俗不同，我们戏说这是“同光体”。有时在路上碰到先生腋下夹着一个黄布书包，走到什么地方去上课，步履稳重，目不斜视，学生们都投以极其尊重的目光。

朱孟实（光潜）先生是北大的教授，在清华兼课。当时他才从欧洲学成归来。他讲“文艺心理学”，其实也就是美学。他的著作《文艺心理学》还没有出版，也没有讲义，他只是口讲，我们笔记。孟实先生的口才并不好，他不属于能言善辩一流，而且还似乎有点怕学生，讲课时眼睛总是往上翻，看着天花板上的某一个地方，不敢瞪着眼睛看学生。可他一句废话也不说，慢条斯理，操着安徽乡音很重的蓝青官话，讲着并不太容易理解的深奥玄虚的美学道理，句句仿佛都能钻入学生心中。他显然同鲁迅先生所说的那一类，在外国把老子或庄子写成论文让洋人吓了一跳，回国后却偏又讲康德、黑格尔的教授完全不可相提并论。他深通西方哲学和当时在西方流行的美学流派，而对中国旧的诗词又极娴熟，所以在课堂上引东证西或引西证东，触类旁通，头头是道，毫无扞格牵强之处。我觉得，这才是真正的比较文学，比较诗学。这样的本领，在当时是凤毛麟角，到了今天，也不多见。他讲的许多理论，我终生难忘，比如Lipps的“感情移入说”，到现在我还认为是真理，不能更动。

陈、朱二师的这两门课，使我终生受用不尽。虽然我当时还没有敢梦想当什么学者，然而这两门课的内容和精神却已在潜移默化中融入了我的内心深处。如果说我的所谓“学术研究”真有一个待“发”的“轫”的话，那个“轫”就隐藏在这两门课里面。

道路终于找到了

在哥廷根，我要走的道路终于找到了，我指的是梵文的学习。这条道路，我已经走了将近六十年，今后还将走下去，直到不能走路的时候。

这条道路同哥廷根大学是分不开的。因此我在这里要讲讲大学。

我在上面已经对大学介绍了几句，因为，要想介绍哥廷根，就必须介绍大学。我们甚至可以说，哥廷根之所以成为哥廷根，就是因为有这一所大学。这所大学创建于中世纪，至今已有几百年的历史，是欧洲较为古老的大学之一。它共有五个学院：哲学院、理学院、法学院、神学院、医学院。一直没有一座统一的建筑，没有一座统一的大楼。各个学院分布在全城各个角落，研究所更是分散得很，许多大街小巷，都有大学的研究所。学生宿舍更没有大规模的。小部分学生住在各自的学生会中，绝大部分分住在老百姓家中。行政中心叫Aula，楼下是教学和行政部门。楼上是哥廷根科学院。文法学科上课的地方有两个：一个叫大讲堂（Auditorium），一个叫研究班大楼（Seminargebäude）。白天，大街上走的人中有一大部分是到各地上课的男女大学生。熙熙攘攘，煞是热闹。

在历史上，大学出过许多名人。德国最伟大的数学家高斯（Gauss），就是这个大学的教授。在高斯以后，这里还出过许多大数学家。从19世纪末起，一直到我去的时候，这里公认是世界数学中心。当时当代最伟大的数学家大卫·希尔伯特（David Hilbert）虽已退休，但还健在。他对中国学生特别友好。我曾在一家书店里遇到过他，他走上前来，跟我打招呼。除了数学以外，理科学科中的物理、化学、天文、气象、地质等，教授阵容都极强大。有几位诺贝尔奖金获得者，在这里任教。蜚声全球的化学家A. 温道斯（Windaus）就是其中之一。

文科教授的阵容，同样也是强大的。在德国文学史和学术史上占有重要地位的格林兄弟，都在哥廷根大学待过。他们的童话流行全世界，在中国也可以说是家喻户晓。他们的大字典，一百多年以后才由许多德国专家编纂完成，成为德国语言研究中的一件大事。

哥廷根大学文理科的情况大体就是这样。

在这样一座面积虽不大但对我这样一个异域青年来说仍然像迷宫一样的大学城里，要想找到有关的机构，找到上课的地方，实际上是并不容易的。如果没有人协助、引路，那就会迷失方向。我三生有幸，找到了这样一个引路人，这就是章用。章用的父亲是鼎鼎大名的“老虎总长”章士钊。外祖父是在朝鲜统兵抗日的吴长庆。母亲是吴弱男，曾做过孙中山的秘书，名字见于钱基博的《现代中国文学史》。总之，他出身于世家大族，书香名门。但却同我在柏林见到的那些“衙内”完全不同，一点纨绔习气也没有。他毋宁说是有点孤高自赏，一身书生气。他家学渊源，对中国古典文献有湛深造诣，能写古文，作旧诗。却偏又喜爱数学，于是来到了哥廷根这个世界数学中心，读博士学位。我到的时候，他已经在这里住了五六年，老母吴弱男陪儿子住在这里。哥廷根中国留学生本来只有三四人。章用脾气孤傲，不同他们来往。我因从小喜好杂学，读过不少的中国古典诗词，对文学、艺术、宗教等有自己的一套看法。乐森先生介绍我认识了章用，经过几次短暂的谈话，简直可以说是一见如故，情投意合。他也许认为我同那些言语乏味、面目可憎的中国留学生迥乎不同，所以立即垂青，心心相印。他赠过一首诗：

空谷足音一识君，
相期诗伯苦相薰。
体裁新旧同尝试，
胎息中西沐见闻。
胸宿赋才徕物与，
气嘘大笔发清芬。
千金敝帚孰轻重，
后世凭猜定小文。

可见他的心情。我也认为，像章用这样的人，在柏林中国饭馆里面是绝对找不到的。所以也很乐于同他亲近。章伯母有一次对我说：“你来了以后，章用简直像变了一个人。他平常是绝对不去拜访人的，现在一到你家，就老是不回来。”我初到哥廷根，陪我奔波全城，到大学教务处，到研究所，到市政府，到医生家里，等等，注册选课，办理手续的，就是章用。他穿着那一身黑色的旧大衣，动摇着瘦削不高的身躯，陪我到处走。此情此景，至今宛然如在眼前。

他带我走熟了哥廷根的路；但我自己要走的道路还没能找到。

我在上面提到，初到哥廷根时，就有意学习古代文字。但这只是一种朦朦胧胧的想法，究竟要学习哪一种古文字，自己并不清楚。在柏林时，汪殿华曾劝我学习希腊文和拉丁文，认为这是当时祖国所需要的。到了哥廷根以后，同章用谈到这个问题，他劝我只读希腊文，如果兼读拉丁文，两年时间来不及。在德国中学里，要读八年拉丁文，六年希腊文。文科中学毕业的学生，个个精通这两种欧洲古典语言，我们中国学生完全无法同他们在这方面竞争。我经过初步考虑，听从了他的意见。第一学期选课，就以希腊文为主。德国大学是绝对自由的。只要中学毕业，就可以愿意入哪个大学，就入哪个，不懂什么叫入学考试。入学以后，愿意入哪个系，就入哪个；愿意改系，随时可改；愿意选多少课，选什么课，悉听尊便；学文科的可以选医学、神学的课；也可以只选一门课，或者选十门、八门。上课时，愿意上就上，不愿意上就走；迟到早退，完全自由。从来没有课堂考试。有的课开课时需要教授签字，这叫开课前的报到（Anmeldung），学生就拿课程登记簿（Studienbuch）请教授签；有的在结束时还需要教授签字，这叫课程结束时的教授签字（Abmeldung）。此时，学生与教授可以说是没有多少关系。有的学生，初入大学时，一学年，或者甚至一学期换一个大学。经过几经转学，二三年以后，选中了自己满意的大学，满意的系科，这时才安定住下，同教授接触，请求参加他的研究班，经过一两个研究班，师生互相了解了，教授认为孺子可教，才给博士论文题目。再经过几年努力写作，教授满意了，就举行论文口试答辩，及格后，就能拿到博士学位。在德国，是教授说了算，什么院长、校长、部长都无权干预教授的决定。如果一个学生不想作论文，绝没有人强迫他。只要自己有钱，他可以十年八年地念下去。这就叫作"永恒的学生"（Ewiger Student），是一种全世界所无的稀有动物。

我就是在这样一种绝对自由的气氛中，在第一学期选了希腊文。另外又杂七杂八地选了许多课，每天上课六小时。我的用意是练习听德文，并不想学习什么东西。

我选课虽然以希腊文为主，但是学习情绪时高时低，始终并不坚定。第一堂课印象就不好。1935年12月5日日记中写道：

上了课，Rabbow的声音太低，我简直听不懂。他也不问我，如坐针毡，难过极了。下了课走回家来的时候，痛苦啃着我的心——我在哥廷根做的唯一的美丽的梦，就是学希腊文。然而，照今天的样子看来，学希腊文又成了一种绝大的痛苦。我岂不将要一无所成了吗?

日记中这样动摇的记载还有多处，可见信心之不坚。其间，我还自学了一段时间的拉丁文。最有趣的是，有一次自己居然想学古埃及文。心情之混乱可见一斑。

这都说明，我还没有找到要走的路。

至于梵文，我在国内读书时，就曾动过学习的念头。但当时国内没有人教梵文，所以愿望没有能实现。来到哥廷根，认识了一位学冶金学的中国留学生湖南人龙丕炎（范禹），他主攻科技，不知道为什么却学习过两个学期的梵文。我来到时，他已经不学了，就把自己用的施滕茨勒（Stenzler）著的一本梵文语法送给了我。我同章用也谈过学梵文的问题，他鼓励我学。于是，在我选择道路徘徊踟蹰的混乱中，又增加了一层混乱。幸而这混乱只是暂时的，不久就从混乱的阴霾中流露出来了阳光。12月16日日记中写道：

我又想到我终于非读Sanskrit（梵文）不行。中国文化受印度文化的影响太大了。我要对中印文化关系彻底研究一下，或能有所发明。在德国能把想学的几种文字学好，也就不虚此行了，尤其是Sanskrit，回国后再想学，不但没有那样的机会，也没有那样的人。

第二天的日记中又写道：

我又想到Sanskrit，我左想右想，觉得非学不行。

1936年1月2日的日记中写道：

仍然决意读Sanskrit。自己兴趣之易变，使自己都有点吃惊了。决意读希腊文的时候，自己发誓而且希望，这次不要再变了，而且自己也坚信不会再变了，但终于又变了。我现在仍然发誓而且希望不要再变了。再变下去，会一无所成的。不知道Sehicksal（命运）可能允许我这次坚定我的信念吗？

我这次的发誓和希望没有落空，命运允许我坚定了我的信念。

我毕生要走的道路终于找到了，我沿着这一条道路一走走了半个多世纪，一直走到现在，而且还要走下去。

哥廷根实际上是学习梵文最理想的地方。除了上面说到的城市幽静，风光旖旎之外，哥廷根大学有悠久的研究梵文和比较语言学的传统。19世纪上半叶研究《五卷书》的一个转译本《卡里来和迪木乃》的大家、比较文学史学的创建者本发伊（T. Benfey）就曾在这里任教。19世纪末弗朗茨·基尔霍恩（Franz Kielhorn）在此地任梵文教授。接替他的是海尔曼·奥尔登堡（Hermann Oldenberg）教授。奥尔登堡教授的继任人是读通吐火罗文残卷的大师西克教授。1935年，西克退休，瓦尔德施密特接掌梵文讲座。这正是我到哥廷根的时候。被印度学者誉为活着的最伟大的梵文家雅可布·瓦克尔纳格尔（Jakob Wackernagel）曾在比较语言学系任教。真可谓梵学天空，群星灿列。再加上大学图书馆，历史极久，规模极大，藏书极富，名声极高，梵文藏书甲德国，据说都是基尔霍恩从印度搜罗到的。这样的条件，在德国当时，是无与伦比的。

我决心既下，1936年春季开始的那一学期，我选了梵文。4月2日，我到高斯—韦伯楼东方研究所去上第一课。这是一座非常古老的建筑。当年大数学家高斯和大物理学家韦伯（Weber）试验他们发明的电报，就在这座房子里，它因此名扬全球。楼下是埃及学研究室，巴比伦、亚述、阿拉伯文研究室。楼上是斯拉夫语研究室，波斯、土耳其语研究室和梵文研究室。梵文课就在研究室里上。这是瓦尔德施密特教授第一次上课，也是我第一次同他会面。他看起来非常年轻。他是柏林大学梵学大师海因里希·吕德斯（Heinrich Lüders）的学生，是研究新疆出土的梵文佛典残卷的专家，虽然年轻，已经在世界梵文学界颇有名声。可是选梵文课的却只有我一个学生，而且还是外国人。虽然只有一个学生，他仍然认真严肃地讲课，一直讲到四点才下课。这就是我梵文学习的开始。研究所有一个小图书馆，册数不到一万，然而对一个初学者来说，却是应有尽有。最珍贵的是奥尔登堡的那一套上百册的德国和世界各国梵文学者寄给他的论文汇集，分门别类，装订成册，大小不等，语言各异。如果自己去搜集，那是无论如何也不会这样齐全的，因为有的杂志非常冷僻，到大图书馆都不一定能查到。在临街的一面墙上，在镜框里贴着德国梵文学家的照片，有三四十人之多。从中可见德国梵学之盛。这是德国学术界十分值得骄傲的地方。

我从此就天天到这个研究所来。

我从此就找到了我真正想走的道路。

重返哥廷根

我真是万万没有想到，经过了三十五年的漫长岁月，我又回到这个离开祖国几万里的小城里来了。

我坐在从汉堡到哥廷根的火车上，简直不敢相信这是事实。难道是一个梦吗？我频频问着自己。这当然是非常可笑的，这毕竟就是事实。我脑海里印象历乱，面影纷呈。过去三十多年来没有想到的人，想到了；过去三十多年来没有想到的事，想到了。我那一些尊敬的老师，他们的笑容又呈现在我眼前。我那像母亲一般的女房东，她那慈祥的面容也呈现在我眼前。那个宛宛婴婴的女孩子伊尔穆嘉德，也在我眼前活动起来。那窄窄的街道、街道两旁的铺子、城东小山的密林、密林深处的小咖啡馆、黄叶丛中的小鹿，甚至冬末春初时分从白雪中钻出来的白色小花雪钟，还有很多别的东西，都一起争先恐后地呈现到我眼前来。一霎时，影像纷乱，我心里也像开了锅似的激烈地动荡起来了。

火车停，我飞也似的跳了下去，踏上了哥廷根的土地。忽然有一首诗涌现出来：

少小离家老大回，乡音无改鬓毛衰。

儿童相见不相识，笑问客从何处来。

怎么会涌现这样一首诗呢？我一时有点茫然、懵然。但又立刻意识到，这一座只有十来万人的异域小城，在我的心灵深处，早已成为我的第二故乡了。我曾在这里度过整整十年，是风华正茂的十年。我的足迹印遍了全城的每一寸土地。我曾在这里快乐过，苦恼过，追求过，幻灭过，动摇过，坚持过。这一座小城实际上决定了我一生要走的道路。这一切都不可避免地要在我的心灵上打上永不磨灭的烙印。我在下意识中把它看作第二故乡，不是非常自然的吗？

我今天重返第二故乡，心里面思绪万端，酸甜苦辣一齐涌上心头。感情上有一种莫名其妙的重压，压得我喘不过气来，似欣慰，似惆怅，似追悔，似向往。小城几乎没有变。市政厅前广场上矗立的有名的抱鹅女郎的铜像，同三十五年前一模一样。一群鸽子仍然像从前一样在铜像周围徘徊，悠然自得。说不定什么时候一声呼哨，飞上了后面大礼拜堂的尖顶。我仿佛昨天才离开这里，今天又回来了。我们走下地下室，到地下餐厅去吃饭。里面陈设如旧，座位如旧，灯光如旧，气氛如旧。连那年轻的服务员也仿佛是当年的那一位。我仿佛昨天晚上才在这里吃过饭。广场周围的大小铺子都没有变。那几家著名的餐馆，什么“黑熊”

"少爷餐厅"，等等，都还在原地。那两家书店也都还在原地。总之，我看到的一切都同原来一模一样。我真的离开这座小城已经三十五年了吗？

但是，正如中国古人所说的，江山如旧，人物全非。环境没有改变，然而人物却已经大大地改变了。我在火车上回忆到的那一些人，有的如果还活着的话年龄已经过了一百岁。这些人的生死存亡就用不着去问了。那些计算起来还没有这样老的人，我也不敢贸然去问，怕从被问者的嘴里听到我不愿意听的消息。我只绕着弯子问上那么一两句，得到的回答往往不得要领，模糊得很。这不能怪别人，因为我的问题就模糊不清。我现在非常欣赏这种模糊，模糊中包含着希望。可惜就连这种模糊也不能完全遮盖住事实，结果是："访旧半为鬼，惊呼热中肠。"我只能在内心里用无声的声音来惊呼了。

在惊呼之余，我仍然坚持怀着沉重的心情去访旧。首先我要去看一看我住过整整十年的房子。我知道，我那母亲般的女房东欧朴尔太太早已离开了人世。但是房子却还存在，那一条整洁的街道依旧整洁如新。从前我经常看到一些老太太用肥皂来洗刷人行道，现在这人行道仍然像是刚才洗刷过似的，躺下去打一个滚，绝不会沾上一点尘土。街拐角处那一家食品商店仍然开着，明亮的大玻璃窗子里面陈列着五光十色的食品，主人却不知道已经换了第几代了。我走到我住过的房子外面，抬头向上看，看到三楼我那一间房子的窗户，仍然同以前一样摆满了红红绿绿的花草，当然不是出自欧朴尔太太之手。我蓦地一阵恍惚，仿佛我昨晚才离开，今天又回家了。我推开大门，大步流星地跑上三楼。我没有用钥匙去开门，因为我意识到，现在里面住的是另外一家人了。从前这座房子的女主人恐怕早已安息在什么墓地里了，墓上大概也栽满了玫瑰花吧。我经常梦见这所房子，梦见房子的女主人，如今却是人去楼空了。我在这里度过的十年中，有愉快，有痛苦，经历过轰炸，忍受过饥饿。男房东逝世后，我多次陪着女房东去扫墓。我这个异邦的青年成了她身边的唯一的亲人，无怪我离开时她号啕痛哭。我回国以后，最初若干年，还经常通信。后来时移事变，就断了联系。我曾痴心妄想，还想再见她一面。而今我确实又来到了哥廷根，然而她却再也见不到，永远永远地见不到了。

我徘徊在当年天天走过的街头，这里什么地方都有过我的足迹。家家门前的小草坪上依然绿草如茵。今年冬雪来得早了一点。十月中，就下了一场雪，白雪、碧草、红花，相映成趣。鲜艳的花朵赫然傲雪怒放，比春天和夏天似乎还要鲜艳。我在一篇短文《海棠花》里描绘的那海棠花依然威严地站在那里。我忽然回忆起当年的冬天，日暮天阴，雪光照眼，我扶着我的吐火罗文和吠陀语老师西克教授，慢慢地走过十里行街，心里面感到凄清，但又感到温暖。回到祖国以后，每当下雪的时候，我便想到这一位像祖父一般的老人。回首前尘，已经有四十多年了。

我也没有忘记当年几乎每一个礼拜天都到的席勒草坪。它就在小山下面，是进山必由之路。当年我常同中国学生或者德国学生，在席勒草坪散步之后，就沿着弯曲的山径走上山去。曾登上俾斯麦塔，俯瞰哥廷根全城；曾在小咖啡馆里流连忘返；曾在大森林中茅亭下躲避暴雨；曾在深秋时分惊走觅食的小鹿，听它们脚踏落叶一路窸窸窣窣地逃走。甜蜜的回忆是写也写不完的。今天我又来到这里，碧草如旧，亭榭犹新。但是当年年轻的我已颓然一翁，而旧日游侣早已荡若云烟，有的离开了这个世界，有的远走高飞，到地球的另一半去了。此情此景，人非木石，能不感慨万端吗？

我在上面讲到江山如旧，人物全非。幸而还没有真正地全非。几十年来我昼思暮想最希望还能见到的人，最希望他们还能活着的人，我的“博士父亲”，瓦尔德施米特教授和夫人居然还都健在。教授已经是八十三岁高龄，夫人比他寿更高，是八十六岁。一别三十五年，今天重又会面，真有相见疑梦之感。老教授夫妇显然非常激动，我心里也如波涛翻滚，一时说不出话来。我们围坐在不太亮的电灯光下，杜甫的名句一下子涌上我的心头：

> 人生不相见，动如参与商。
> 今夕复何夕？共此灯烛光。

四十五年前我初到哥廷根我们初次见面，以及以后长达十年相处的情景，历历展现在眼前。那十年是剧烈动荡的十年，中间插上了一个第二次世界大战，我们没有能过上几天好日子。最初几年，我每次到他们家去吃晚饭时，他那个十几岁的独生儿子都在座。有一次教授同儿子开玩笑：“家里有一个中国客人，你明天到学校去又可以张扬吹嘘一番了。”哪里知道，大战一爆发，儿子就被征从军，一年冬天，战死在北欧战场上。这对他们夫妇俩的打击，是无法形容的。不久教授也被征从军。他心里怎样想，我不好问，他也不好说。看来是默默地忍受痛苦。他预订了剧院的票，到了冬天，剧院开演，他不在家，每周一次陪他夫人看戏的任务，就落到我肩上。深夜，演出结束后，我要走很长的道路，把师母送到他们山下林边的家中，然后再摸黑走回自己的住处。在很长的时间内，他们那一座漂亮的三层楼房里，只住着师母一个人。

他们的处境如此，我的处境更要糟糕。烽火连年，家书亿金。我的祖国在受难，我的全家老老小小在受难，我自己也在受难。中夜枕上，思绪翻腾，往往彻夜不眠。而且头上有飞机轰炸，肚子里没有食品充饥。做梦就梦到祖国的花生米。有一次我下乡去帮助农民摘苹果，报酬是几个苹果和五斤土豆。回家后一顿就把五斤土豆吃了个精光，还并无饱意。

有六七年的时间，情况就是这个样子。我的学习、写论文、参加口试、获得学位，就是在这种情况下进行的。教授每次回家度假，都听我的汇报，看我的论文，提出他的意见。今天我会的这一点点东西，哪一点不包含着教授的心血呢？不管我今天的成就还是多么微小，如果不是他怀着毫不利己的心情对我这一个素昧平生的异邦青年加以诱掖教导的话，我能够有什么成就呢？ 所有这一切能够忘记得了吗？

现在我们又会面了。会面的地方不是在我所熟悉的那一所房子里，而是在一所豪华的养老院里。别人告诉我，他已经把房子赠给哥廷根大学印度学和佛教研究所，把汽车卖掉，搬到这一所养老院里来了。院里富丽堂皇，应有尽有，健身房、游泳池，无不齐备。据说，饭食也很好。但是，说句不好听的话，到这里来的人都是七老八十的人，多半行动不便，对他们来说，健身房和游泳池实际上等于聋子的耳朵。他们不是来健身，而是来等死的。头一天晚上还在一起吃饭、聊天，第二天早晨说不定就有人见了上帝。一个人生活在这样的环境中，心情如何，概可想见。话又说了回来，教授夫妇孤苦伶仃，不到这里来，又到哪里去呢？

就是在这样一个地方，教授又见到了自己几十年没有见面的弟子。他的心情是多么激动，又是多么高兴，我无法加以描绘。我一下汽车就看到在高大明亮的玻璃门里面，教授端端正正地坐在圈椅上。他可能已经等了很久，正望眼欲穿哩。他瞪着慈祥昏花的双目瞧着我，仿佛想用目光把我吞了下去。握手时，他的手有点颤抖。他的夫人更是老态龙钟，耳朵聋，头摇摆不停，同三十多年前完全判若两人了。师母还专为我烹制了当年我在她家常吃的食品。两位老人齐声说：“让我们好好地聊一聊老哥廷根的老生活吧！”他们现在大概只能用回忆来填充日常生活了。我问老教授还要不要中国关于佛教的书，他反问我：“那些东西对我还有什么用呢？”我又问他正在写什么东西。他说：“我想整理一下以前的旧稿；我想，不久就要打住了！”从一些细小的事情上来看，老两口儿的意见还是有一些矛盾的。看来这相依为命的一双老人的生活是阴沉的、郁闷的。在他们前面，正如鲁迅在《过客》中所写的那样：“前面？前面，是坟。”

我心里陡然凄凉起来。老教授毕生勤奋，著作等身，名扬四海，受人尊敬，老年就这样度过吗？我今天来到这里，显然给他们带来了极大的快乐。一旦我离开这里，他们又将怎样呢？可是，我能永远在这里待下去吗？我真有点依依难舍，尽量想多待些时候。但是，千里凉棚，没有不散的筵席。我站起来，想告辞离开。老教授带着乞求的目光说：“才十点多钟，时间还早嘛！”我只好重又坐下。最后到了深夜，我狠了狠心，向他们说了声：“夜安！”站起来，告辞出门。老教授一直把我送下楼，送到汽车旁边，样子是难舍难分。此时我心潮翻滚，我明确地意识到，这是我们最后一面了。但是，为了安慰他，或者欺骗他，也为了安慰我自己，或者欺骗我自己，我脱口说了一句话：“过一两年，我再回来看你！”声音从自己嘴里传到自己耳朵，显得空荡、虚伪，然而却又真诚。这真诚感动了老教授，他脸上现出了笑容：“你可是答应了我了，过一两年再回来！”我还有什么话好说呢？我噙着眼泪，钻进了汽车。汽车开走时，回头看到老教授还站在那里，一动也不动，活像是一座塑像。

过了两天，我就离开了哥廷根。我乘上了一辆开到另一个城市去的火车。坐在车上，同来一样，我眼前又是面影迷离，错综纷杂。我这两天见到的一切人和物，一一奔凑到我的眼前来，只是比来时在火车上看到的影子清晰多了，具体多了。在这些迷离错乱的面影中，有一个特别清晰、特别具体、特别突出，它就是我在前天夜里看到的那一座塑像。愿这一座塑像永远停留在我的眼前，永远停留在我的心中。

肆……

故人，思念浮上心头

他们是那样温良、纯朴，
时代的风风雨雨在他们身上，
似乎没有留下什么痕迹，
说白了就是没有留下伤痕。

Wala

总有一个女孩子的面影飘动在我的眼前：淡红的双腮，圆圆的大眼睛。这面影对我这样熟悉，却又这样生疏。每次当它浮起来的时候，我一点也不去理会，它只是这么摇摇曳曳地在我眼前浮动一会儿，蓦地又暗淡下去，终于消逝到不知什么地方去了。我的记忆也自然会随了这消逝去的影子追上去，一直追到六年前的波兰车上。

也是同现在一样的夏末秋初的天气，我在赤都游了一整天以后，脑海里装满了红红绿绿的花坛的影像，走上波德通车。我们七个中国同学占据了一个车厢，谈笑得颇为热闹。大概快到华沙了吧，车里渐渐暗了下来，这时忽然走进一个年轻的女孩子来。我只觉得有一个秀挺的身影在我眼前一闪，还没等我细看的时候，她已经坐在我的对面。我的地理知识本来不高明。在国内的时候，对波兰我就不大清楚，对波兰的女孩子更模糊成一团。后来读到一位先生游波兰描写波兰女孩子的诗，当时的印象似乎很深，但不久就渐渐淡了下来，终于连一点痕迹都没有了。然而现在自己竟到了波兰，而且对面就坐了一个美丽的波兰女孩子：淡红的双腮，圆圆的大眼睛。

倘若在国内的话，七个男人同一个孤身的女孩子坐在一起，我们即使再道学，恐怕也会说一两句带着暗示的话，让女孩子红上一阵脸，我们好来欣赏娇羞含怒然而却又带笑的态度。然而现在却轮到我们红脸了。女孩子坦然地坐在那里，脸上挂着一丝微笑，把我们七个异邦的青年男子轮流看了一遍，似乎想要说话的样子。但我们都仿佛变成在老师跟前背不出书来的小学生，低了头，没有一个人敢说些什么。终于还是女孩子先开了口。她大概知道我们不能说波兰话，只用德文问我们会说哪一国的话。我们七个中有一半没学过德文。我自己虽然学过，但也只是书本子里的东西。现在既然有人问到了，也只好勉强回答说自己会说德文。谈话也就开始了，而且还是愈来愈热闹。我们真觉得语言的功用有时候并不怎样大，静默或其他别的动作还能表达更多更复杂更深刻的思想。当时我们当然不能长篇大论地叙述什么，有的时候竟连意思都表达不出来，这时我们便相对一笑，在这一笑里，我们似乎互相了解了更多更深的东西。刚才她走进来的时候，先很小心地把一个坐垫放在座位上，然后坐下去。经过了也不知道多少时候，我蓦地发现这坐垫已经移到一位中国同学的身子下面去；然而他们两个人都没注意到，当时热闹的情形也可以想见了。

在满洲里的时候，我们曾经买了几瓶啤酒似的东西。一路上，每到一个大车站，我们就下去用铁壶提开水来喝，这几瓶东西却始终珍惜着没有打开。现在却仿佛蓦地有一个默契流过我们每个人的心中，一位同学匆匆忙忙地找出来了一瓶打开，没有问别人，其余的人也都兴高采烈地帮忙找杯子，没有一个人有半点反对的意思。不用说，我们第一杯是捧给这位美丽的女孩子的。她用手接了，先不喝，问我这是什么。我本来不很知道这究竟是什么，反正不过是酒一类的东西，而且我脑子里关于这方面的德文字也就只有一个酒字，就顺口回答说："是酒。"她于是喝了一口，立刻抬起眼含着笑仿佛谴责似的问着我说："你说是酒？"这双眼睛这样大，这样亮，又这样圆，再加上玫瑰花似的微笑，这一切深深地压住了我的心，我本来没有意思辩解，现在更没话可说，其实也不能说什么话了。她没有再说什么，拿出她自己带来的饼干分给我们吃。我们又吃又喝，忘记了现在是在火车上，是在异域；忘记了我们是初相识的异国的青年男女，根本忘记了我们自己，忘记了一切。她皮包里带着许多相片，她一张一张地拿给我们看。我们也把我们身边带的书籍画片，甚至连我们的毕业证书都找出来给她看。小小的车厢里充满了融融的欣悦。一位同学忽然问她叫什么名字，她立刻毫不忸怩地把自己的名字写在我们的簿子上：Wala。一个多么美妙，令人一听就神往的名字！

大概将近半夜了吧，我走到另外一个车厢里想去找一个地方睡一会儿。终于在一个角落里找到一个位子。对面坐了一位大鼻子的中年人。才一出国，看到满车外国人，已经有点觉得生疏；再看了他这大鼻子，仿佛自己已经走进了一个童话的国土里来，有说不出的感觉。这大鼻子仿佛有魔力，把我的眼睛吸住，我非看不行。我敢发誓，我一生还没有看到这样大的鼻子。他耳朵上又罩上了无线电收音机，衬上这生在脸正中的一块大肉，这一切合起来凑成一幅奇异的图案画，看了我再也忍不住笑起来。但他偏又高兴同我说话，说着破碎的英语，一手指着自己的头，一手指着远处坐着的Wala，头摇了两摇，奇异的图案画上浮起一丝鄙夷微笑。我抬起头来看了看Wala，才发现她头上戴了一顶红红绿绿的小帽子。刚才我竟没有注意到，我的全部精神都让她的淡红的双腮同圆圆的大眼睛吸住了。现在忽然发现她头上的小帽子，只觉得更增加了她的妩媚。一直到现在我还不明白，这位中年人为何讨厌这一顶同她的秀美的面孔相得益彰的小帽子。

我现在已经忆不起来，我们是怎样分的手。大概是我们，至少是我，坐着蒙蒙眬眬地睡了会儿，其间Wala就下了车。我当时醒了后确曾觉得非常值得惋惜，我们竟连一声再会都没能说，这美丽的女孩子就像神龙似的去了。我仿佛看了一个夏夜的流星。但后来自己到了德国，蓦地投到一个新的环境里去，整天让工作压得不能喘一口气。以前在国内的时候，无论是做学生，是教书，尽有余裕的时间让自己的幻想出去飞一飞，上至青天，下至黄泉，到种种奇幻的世界里去翱翔，想到许多荒唐的事情，摹绘给自己种种金色的幻影，然后再回到这个世界里来。现在每天对着自己的全是死板板的现实，自己再没有余裕把幻想放出去，Wala的影子似乎已经从我的记忆里消逝了去，我再也想不到她了。这样就过去了六个年头。

前两天，一个细雨萧索的初秋的晚上，一位中国同学到我家里来闲谈。谈到附近一个菜园子里新近来了一个波兰女孩子在工作。这女孩子很年轻，长得又非常美丽，父母都很有钱。在波兰刚中学毕业，正要准备进大学的时候，德国军队冲进波兰。在听过几天飞机大炮以后，于是就来了大恐怖，到处是残暴与血光。在风声鹤唳的情况里过了一年，正在庆幸着自己还能活下去的时候，又被希特勒手下的穿黑衣服的两足走兽强迫装进一辆火车里运到德国来，终于被派到哥廷根来，在这个菜园子里做下女。她天天做着牛马的工作，受着牛马的待遇，一生还没有做过这样的苦工。出门的时候，衣襟上还要挂上一个绣着P字的黄布，表示她是波兰人，让德国人随时都能注意她的行动；而且也只能白天出门，晚上出去捉起来立刻入监狱。电影院、戏院一类娱乐的地方是不许她去的。衣服票、鞋票当然领不到，衣服、鞋破了也只好将就着穿，所以她这样一个年轻又美丽的女孩子，衣服是破烂不堪的，脚下穿的又是木头鞋。工资少到令人吃惊。回家的希望简直更渺茫，只有天知道，她什么时候能再见到她的故乡，她的父母！我的朋友也不由得叹了一口气。

我的眼前电火似的一闪，立刻浮起Wala的面影，难道这个女孩子就是Wala吗？但立刻我又自己否认，这不会是她的，天下不会有这样凑巧的事情。然而立刻又想到，这女孩子说不定就是Wala，而且非是她不行；命运是非常古怪的，它有时候会安排下出人意料的事情。就这样，我的脑海里纷乱成一团，躺下无论如何也睡不着，伏在枕上听窗外雨声滴着落叶，一直到不知什么时候。

第二天早晨起来，到研究所去的时候，我就绕路到那菜园子去。这里我以前本来是常走的，一切我都很熟悉。但今天我看到这绿绿的菜畦，黄了叶子的苹果树，中间一座两层的小楼，我的眼前发亮，一切都蓦地对我生疏起来，我仿佛第一次看到这许多东西，我简直失了神似的，觉得以前菜畦没有这样绿，苹果树的叶子也没有黄过，中间并没有这样一座小楼。但现在却清清楚楚地看到眼前有这样一座楼，小小的红窗子就对着黄了叶子的苹果林，小巧得古怪又可爱。我注视这窗口，每一刹那我都盼望着，蓦地会有一个女孩子的头探出来，而且这就是Wala。在黄了叶子的苹果树下面，我也每一刹那都在盼望着，蓦地会有一个秀挺的少女的身影出现，而且这也就是Wala。但我什么也没看到。我带了一颗失望的心走到研究所，工作当然做不下去。黄昏回家的时候，我又绕路从这菜园子旁边走过，我直觉地觉得反正在离我住的地方不远的小楼里有一个Wala在；但我却没有一点愿望再看这小楼，再注视这窗口，只匆匆走过去，仿佛是一个被检阅的兵士。

以后，我每天要绕路到那菜园子附近去走上两趟。我什么也没看到，而且我也不希望看到什么，因为我现在已经知道，这女孩子不会是Wala了。不看到，自己心里终究有一个极渺茫极不成希望的希望：说不定她就真是Wala。怀了这渺茫的希望，回到家来，每当夜深人静的时候，就把幻想放出去，到种种奇幻的世界里去翱翔，想到许多荒唐的事情，给自己摹描种种金色的幻影。这幻想会自然而然地把我带到六年前的波兰车上。我瞪大了眼睛向眼前的空虚处看去，也自然而然地有一个这样熟悉而又这样生疏的女孩子的面影摇摇曳曳地浮现起来：淡红的双腮，圆圆的大眼睛。

我每次想到的就是这似乎平淡然而却又很深刻的诗句：“同是天涯沦落人。”因为，我已经再不怀疑，即使这女孩子不是Wala，但Wala的命运也不会同这女孩子的有什么区别，或者还更坏。她也一定是在看过残暴与血光以后，被另外一个希特勒手下的穿黑衣服的两足走兽强迫装进一辆火车里拖到德国来，在另一块德国土地上，做着牛马的工作，受着牛马的待遇，出门的时候也同样要挂上一个P字黄牌，同样不能看到她的父母，她的故乡。但我自己的命运又有什么两样呢？不正有另一群兽类在千山万山外自己的故乡里散布残暴与火光吗？故乡的人们也同样做着牛马的工作，受着牛马的待遇，自己也同样不能见到自己的家属，自己的故乡。“同是天涯沦落人”，但是我们连“相逢”的机会都没有，我真希望我们这曾经一度“相识”者能够相对流一点泪，互相给一点安慰。但是，即使她现在有泪，也只好一个人独洒了，她又到什么地方能找到我呢？有时候，我曾经觉得世界小过，小到令人连呼吸都不自由；但现在我却觉得世界真正太大了。在茫茫的人海里，找寻她，不正像在大海里找寻一粒芥子吗？我们大概终不能再会面了。

忆章用

我一直到现在还不能相信，他竟撒手离开现在的这个世界去了。我自己的生命虽然截止到现在还说不上怎样太长；但在这不太长的过去的生命中，他的出现却更短，短到令人怀疑是不是曾经有过这样一回事。倘若要用一个譬喻的话，我只能把他比作一颗夏夜的流星，在我的生命的天空中，蓦地拖了一条火线出现了，蓦地又消逝到暗冥里去。但在这条火线留下的影子却一直挂在我的记忆的丝缕上，到现在，已经是隔了几年了，忽然又闪耀了起来。

人的记忆也是怪东西，在每一天，不，简直是每一刹那，自己所遇到的大大小小的事情中，在风起云涌的思潮中，有后来想起来认为是极重大的事情，但在当时看过想过后不久就忘却了，费很大的力量才能再回忆起来。但有的事情，譬如说一个人笑的时候脸部构成的图形，一条柳枝摇曳的影子，一片花瓣的飘落，在当时，在后来，都不认为有什么不得了；但往往经过很久很久的时间，却能随时能明晰地浮现在眼前，因而引起一长串的回忆。到现在很生动地浮现在我眼前，压迫着我想到俊之（章用）的，就是他在谈话中间静默时神秘地向眼前空虚处注视的神态。

但说来已经是六年前的事情了。六年前的深秋，我从柏林来到哥廷根。第二天起来，在街上走着的时候，觉得这小城的街特别长，太阳也特别亮，一切都浸在一片白光里。过了几天，就在这样的白光里，我随了一位中国同学走过长长的街去访俊之。他同他母亲赁居一座小楼房的上层，四周全是花园。这时已经是落叶满地，树头虽然还挂了几片残叶，但在秋风中却只显得孤零零了。那一次究竟说了些什么话，现在已经记不清了。似乎他母亲说话最多，俊之并没有说多少。在谈话中间静默的一刹那，我只注意到，他的目光从眼镜边上流出来，神秘地注视着眼前的空虚处。

就这样，我们第一次见面他给我的印象是颇平常的；但不知为什么，以后竟常常往来起来。他母亲人非常慈和，很能谈话。每次会面，都差不多只有她一个人独白，每次都感觉不到时间的逝去，等到觉得屋里渐渐暗起来，却已经晚了，结果每次都是仓仓促促辞了出来，摸索着走下黑暗的楼梯，赶回家来吃晚饭。为了照顾儿子，她在这离开故乡几万里的寂寞的小城里陪儿子一住就是七八年，只是这一件，就足以打动了天下失掉了母亲的孩子们的心，让他们在无人处流泪，何况我又是这样多愁善感？又何况还是在这异邦的深秋呢？我因而常常想到在故乡里萋萋的秋草下长眠的母亲，到俊之家里去的次数也就多起来。

哥廷根的秋天是美的，美到神秘的境地，令人说不出，也根本想不到去说。有谁见过未来派的画没有？这小城东面的一片山林在秋天就是一幅未来派的画。你抬眼就看到一片耀眼的绚烂。只说黄色，就数不清有多少等级，从淡黄一直到接近棕色的深黄，参差地抹在这一片秋林的梢上，里面杂了冬青树的浓绿，这里那里还点缀上一星星的鲜红，给这惨淡的秋色涂上一片凄艳。就在这林子里，俊之常陪我去散步。我们不知道曾留下多少游踪。林子里这样静，我们甚至能听到叶子辞树的声音。倘若我们站下来，叶子也就会飘落到我们身上。等到我们理会到的时候，我们的头上肩上已经满是落叶了。间或前面树丛里影子似的一闪，是一匹被我们惊走的小鹿，接着我们就会听到窸窣的干叶声，渐远，渐远，终于消逝到无边的寂静里去。谁又会想到，我们竟在这异域的小城里亲身体会到“叶干闻鹿行”的境界？但这情景都是后来回忆时才觉到的，在当时，我们却没有，或者可以说很少注意到：我们正在热烈地谈着什么。他虽然念的是数学，但因为家学渊源，对中国旧文学很有根底，作旧诗更是经过名师的指导，对哲学似乎比对数学的兴趣还要大。我自己虽然一无所成，但因为平常喜欢浏览，所以很看了些旧诗词，而且自己对许多文学上的派别和几个诗人还有一套看法。平时难得解人，所以一直闷在心里，现在居然有人肯听，于是我就一下子倾出来。看了他点头赞成的神气，我的意趣更不由得飞动起来，我忘记了时间，忘记了世界，连自己也忘记了。往往是看到桦树的白皮上已经涂上了淡红的夕阳，才知道是应该下山的时候。走到城边，就看到西面山上一团紫气，不久天上就亮起星星来了。

等到林子里最后的几片黄叶也落净了的时候，不久就下了第一次的雪。哥城的冬天是寂寞的。天永远阴沉，难得看到几缕阳光。在外面既然没有什么可看，人们又觉得炉火可爱起来。有时候在雪意很浓的傍晚，他到我家里来闲谈。他总是靠近炉子坐在沙发上，头靠在后面的墙上。我们总有说不完的话，大半谈的仍然是哲学宗教上的问题；但转来转去，总转到中国旧诗上。他说话没有我多。当我滔滔不绝地说着的时候，他只是静静地听，脸上又浮起那一片神秘的微笑，眼光注视着眼前的空虚处。同我一样，他也会忘记了时间，现在轮到他摸索着走下黑暗的楼梯赶回家去吃晚饭了。

后来这情形渐渐多起来。等到我们再聚到一起的时候，章伯母就笑着告诉我，自从我到了哥廷根，他儿子仿佛变了一个人，以前同他母亲也不大多说话，现在居然有时候也显得有点活泼了。他在哥城八年，除了间或到范禹（龙丕炎）家去以外，很少到另外一位中国同学家里去，当然更谈不到因谈话而忘记了吃晚饭。多少年来，他就是一个人到大学去，到图书馆去，到山上去散步，不大同别人在一起。这情形我都能想象得到，因为无论谁只要同俊之见上一面，就会知道，他是孤高一流的人物。这样一个人怎么能够同其他油头粉面满嘴里离不开跳舞电影的留学生们合得来呢？

但他的孤高并不是矫揉造作的，他也并没有意思去装假名士。章伯母告诉我，他在家里，也总是一个人在思索着什么，有时坐在那里，眼睛愣愣的，半天不动。他根本不谈家常，只有谈到学问，他才有兴趣。但老人家的兴趣却同他的正相反，所以平常时候母子相对也只有沉默着一句话也不说了。他对吃饭也感不到多大兴趣，坐在饭桌旁边，嘴里嚼着什么，眼睛并不看眼前的碗同菜，脑筋里似乎正在思索着只有他自己知道的问题。有时候，手里拿着一块面包，站起来，在屋里不停地走，他又沉到他自己独有的幻想的世界里去。倘若叫他吃，他就吃下去；倘若不叫他，他也就算了。有时候章伯母同他开个玩笑，问他刚才吃的是什么东西，他想上半天，仍然说不上来。这是他自己说起来都会笑的。过了不久，我就有机会证实了章伯母的话。这所谓“不久”，我虽然不能确切地指出时间来；但总在新年过后的一二月里，小钟似的白花刚从薄薄的雪堆里挣扎出来，林子里怕已经抹上淡淡的一片绿意了。章伯母因为有事情到英国去了，只留他一个人在家里。我因为学系不能决定，有时候感到异常的烦闷，所以就常在傍晚的时候到他家里去闲谈。我差不多每次都看到桌子上一块干面包，孤零零地伴着一瓶凉水。问他吃过晚饭没有，他说吃过了。再问他吃的什么，他的眼光就流到那一块干面包和那一瓶凉水上去，什么也不说。他当然不缺少钱买点香肠牛奶什么的；而且煤气炉子也就在厨房里，只要用手一转，也就可以得到一壶热咖啡；但这些他都没做，也许是忘记了，也许根本没有兴致想到这些琐碎的事情，他脑筋里正盘旋着什么问题。在这时候，最简单的办法当然就是向面包盒里找出他母亲吃剩下的面包，拧开凉水管子灌满一瓶，草草吃下去了事。既然吃饭这事情非解决不行，他也就来解决；至于怎样解决，那又有什么重要呢？反正只要解决过，他就能再继续他的工作，他这样就很满意了。

我将怎样称呼他这样一个人呢？在一般人眼中，他毫无疑问的是一个怪人，而且他和一般人，或者也可以说，一般人和他合不来的原因恐怕也就在这里面。但我从小就有一个偏见，我最不能忍受四平八稳处事接物面面周到的人物。我觉得，人不应该像牛羊一样，看上去都差不多，人应该有个性。然而人类的大多数都是看上去都差不多的角色。他们只能平稳地活着，又平稳地死去，对人类对世界丝毫没有影响。真正大学问大事业是另外几个同一般人不一样，甚至被他们看作怪人和呆子的人做出来的。我自己虽然这样想，甚至也试着这样做过，也竟有人认为我有点怪；但我自问，有的时候自己还太妥协平稳，同别人一样的地方还太多。因而我对俊之，除了羡慕他的渊博的学识以外，对他的为人也有说不出来的景仰了。

在羡慕同景仰两种心情下，我当然高兴常同他接近。在他那方面，他也似乎很高兴见到我。到现在还不能忘记，每次我找他到小山上去散步，他都立刻答应，而且在非常仓皇的情形下穿鞋穿衣服，仿佛一穿慢了，我就会逃掉似的。我们到一起，仍然有说不完的话，我们谈哲学，谈宗教，仍然同以前一样，转来转去，总转到中国旧诗上去。他把他的诗集拿给我看，里面的诗并不多，只是薄薄的一本。我因为只仓促翻了一遍，现在已经记不清，里面究竟有些什么诗。我用尽了力想，只能想起两句来：“频梦春池添秀句，每闻夜雨忆联床。”他还告诉我，到哥城八年，先是拼命念德文，后来入了大学，又治数学同哲学，总没有余裕和兴致来写诗；但自从我来以后，他的诗兴仿佛又开始汹涌起来，这是连他自己都没想到的——

果然，过了不久，又在一个傍晚，他到我家里来。一进门，手就向衣袋里摸，摸出来的是一个黄色的信封，里面装了一张硬纸片，上面工整地写着一首诗：

空谷足音一识君，
相期诗伯苦相薰。
体裁新旧同尝试，
胎息中西沐见闻。
胸宿赋才徕物与，
气嘘史笔发清芬。
千金敝帚孰轻重，
后世凭猜定小文。

我看了脸上直发热。对旧诗，我虽然喜欢胡谈乱道；但说到做，我却从来没尝试过，可以说是一个十足的门外汉，我哪里敢做梦做什么“诗伯”呢？但他的这番意思我却只有心领了。

这时候，我自己的心情并不太好，他也正有他的忧愁。七八年来，他一直过着极优裕的生活。近一两年来，国内的地租忽然发生了问题，于是经济来源就有了困难。对于他这其实都算不了什么，因为我知道，只要他一开口，立刻就会有人自动地送钱给他用，而且，据他母亲告诉我，也真的已经有人寄了钱来，譬如一位德国朋友，以前常到他家里去吃中国饭，现在在另外一个大学里当讲师，就寄了许多钱来，还愿意以后每月寄。然而俊之都拒绝了。我也同他谈过这事情，我觉得目前用朋友几个钱完成学业实在是无伤大雅的；但他却一概不听，也不说什么理由。我自己根本没有多少钱，领到的钱也不过刚够每月的食宿，一点也不能帮他的忙。最初听到他说，他不久就要回国去筹款，心中有说不出的难过。后来他这计划终于成为事实了。每次到他那里去，总看到他忙忙碌碌地整理书籍。我不愿意看这一堆堆横七竖八躺在地上的书籍。我觉得有什么地方对他不起，心里凭空惭愧起来。

在不知不觉时，时间已经由暮春转入了初夏。哥廷根城又埋到一团翠绿里去。俊之起程的日子也决定了。在前一天的晚上，我们替他饯行，一直到深夜才走出市政府的地下餐厅。我同他并肩走在最前面。他平常就不大喜欢说话，今天更不说了，我们只是沉默着走上去，听自己的步履声在深夜的小巷里回响，终于在沉默里分了手。我不知道他怎么样，我是一夜在床上翻来覆去地睡不着。第二天天一亮我就到他家去了。他已经起来了。我本来预备在我们离别前痛痛快快谈一谈，我仿佛有许多话要说似的，但他却坚决要到大学里去上一堂课。他母亲挽留也没有用。他嘴里只是说，他要去上“最后一课”，“最后”两个字说得特别响，脸上浮着一片惨笑。我不敢接触他的目光，但我却能了解他的“客树回看成故乡”的心情。谁又知道，这一堂课就真的成了他的“最后一课”呢？

就这样，俊之终于离开他的第二故乡哥廷根，离开了我，从那以后，我就再没有看到他。路上每到一个停船的地方，他总有信给我。他知道我正在念梵文，还剪了许多报上的材料寄给我。此外还寄给我了许多诗。回国以后，先在山东大学教数学。在这期间，他曾写过一封很长的信给我，报告他的近况，依然是牢骚满腹。后来又转到浙江大学去。情形如何，我不大清楚。不久战争也就波及浙江，他随了大学辗转迁到江西。从那里，我接到他一封信，附了一卷诗稿，把他回国以后作的诗都寄给我了。他仿佛预感到自己已经不久于人世，赶快把诗抄好，寄给一个朋友保存下去，这个朋友他就选中了我。我一直到现在还不相信这是偶然的，他似乎故意把这担子放在我的肩上。

从那以后，我从他那里再没听到什么。不久范禹来了信，报告他的死。他从江西飞到香港去养病，就死在那里。我真没法相信这是真的，难道范禹听错了消息了吗？但最后我却终于不能不承认，俊之是真的死了，在我生命的夜空里，他像一颗夏夜的流星似的消逝了，永远地消逝了。

我们相处一共不到一年。一直到离别还互相称作“先生”。在他没死之前，我不过觉得同他颇能谈得来，每次到一起都能得到点安慰，如此而已。然而他的死却给了我一个回忆沉思的机会，我蓦地发现，我已于无意之间损失了一个知己，一个真正的朋友。在这茫茫人世间究竟还有几个人能了解我呢？俊之无疑是真正能够了解我的一个朋友。我无论发表什么意见，哪怕是极浅薄的呢，从他那里我都能得到共鸣的同情。但现在他竟离开这人世去了。我陡然觉得人世空虚起来。我站在人群里，只觉得自己的渺小和孤独，我仿佛失掉了倚靠似的，徘徊在寂寞的大空虚里。

哥廷根仍然同以前一样的美，街仍然是那样长，阳光仍然是那样亮。我每天按时走过这长长的街到研究所去，晚上再回来。以前我还希望，俊之回来的时候，我们还可以逍遥在长街上高谈阔论；但现在这希望永远只是希望了。我一个人拖了一条影子走来走去：走过一个咖啡馆，我回忆到我曾同他在这里喝过咖啡消磨了许多寂寞的时光；再向前走几步是一个饭馆，我又回忆到，我曾同他每天在这里吃午饭，吃完再一同慢慢地走回家去；再走几步是一个书店，我回忆到，我有时候呆子似的在这里站上半天看玻璃窗子里面的书，肩头上蓦地落上了一只温暖的手，一回头是俊之，他也正来看书窗子；再向前走几步是一个女子高中，我又回忆到，他曾领我来这里听诗人念诗，听完在深夜里走回家，看雨珠在树枝上珠子似的闪光——就这样，每一个地方都能引起我的回忆，甚至看到一块石头，也会想到，我同俊之一同在上面踏过；看了一枝小花，也会回忆到，我同他一同看过。然而他现在却撒手离开这个世界走了，把寂寞留给我。回忆对我成了一个异常沉重的负担。

今年秋天，我更寂寞得难忍。我一个人在屋里无论如何也坐不下去，四面的墙仿佛都起来给我以压迫。每天吃过晚饭，我就一个人逃出去到山下大草地上去散步。每次都走过他同他母亲住过的旧居：小楼依然是六年前的小楼，花园也仍然是六年前的花园，连落满地上的黄叶，甚至连树头残留着的几片孤零零的叶子，都同六年前一样，但我的心情却同六年前的这时候大大的不相同了。小窗子依然开对着这一片黄叶林。我以前在这里走过不知多少遍，似乎从来没有注意过这样一个小窗子；但现在这小窗子却唤回我的许多记忆，它的存在我于是也就注意到了。在这小窗子里面，我曾同俊之同坐过消磨了许多寂寞的时光，我们从这里一同看过涂满了凄艳的彩色的秋林，也曾看过压满了白雪的琼林，又看过绚烂的苹果花，蜜蜂围了嗡嗡地飞；在他离开哥廷根的前几天，我们都在他家里吃饭，忽然扫过一阵暴风雨，远处的山、山上的树林，树林上面露出的俾斯麦塔都隐入滃蒙的云气里去：这一切仿佛是一幅画，这小窗子就是这幅画的镜框。我们当时都为自然的伟大所压迫，半天说不出一句话来，只是沉默着透过这小窗注视着远处的山林。当时的情况还历历如在眼前；然而曾几何时，现在却只剩下我一个人在满了落叶的深秋的长街上，在一个离故乡几万里的异邦的小城里，呆呆地从下面注视这小窗子了，而这小窗子也正像蓬莱仙山可望而不可即了。

逝去的时光不能再捉回来，这我知道；人死了不能复活，这我也知道。我到现在这个世界上来活了三十年，我曾经看到过无数的死：父亲、母亲和婶母都悄悄地死去了。尤其是母亲的死在我心里留下无论如何也补不起来的创痕。到现在已经十年了，差不多隔几天我就会梦到母亲，每次都是哭着醒来。我甚至不敢再看讲母亲的爱的小说、剧本和电影。有一次偶然看一部电影片，我一直从剧场里哭到家。但俊之的死却同别人的死都不一样：生死之悲当然有；但另外还有知己之感。这感觉我无论如何也排除不掉。我一直到现在还要问：世界上可以死的人太多太多了，为什么单单死俊之一个人？倘若我不同他认识也就完了；但命运却偏偏把我同他在离祖国几万里的一个小城里拉在一起，他却又偏偏死去。在我的饱经忧患的生命里再加上这幕悲剧，难道命运觉得对我还不够残酷吗？

但我并不悲观，我还要活下去。有的人说："死人活在活人的记忆里。"俊之就活在我的记忆里。只是为了这，我也要活下去。当然这回忆对我是一个无比的重担；但我却甘心肩起这一份重担，而且还希望能肩下去，愈久愈好。

五年前开始写这篇东西，那时我还在德国。中间屡屡因了别的研究工作停笔，终于剩了一个尾巴，没能写完。现在在挥汗之余勉强写起来，离开那座小城已经几万里了。

我的女房东

我在上面已经多次谈到我的女房东欧朴尔太太。

我在这里还要再集中来谈。

我不能不谈她。

我们共同生活了整整十年，共过安乐，也共过患难。在这漫长的时间内，她为我操了不知多少心，她确实像自己的母亲一样。回忆起她来，就像回忆一个甜美的梦。

她是一个平平常常的德国妇女。我初到的时候，她人概已有五十岁了，比我大二十五六岁。她没有多少惹人注意的特点，相貌平平常常，衣着平平常常，谈吐平平常常，爱好平平常常，总之是一个非常平常的人。

然而，同她相处的时间越久，便越觉得她在平常中有不平常的地方：她老实，她诚恳，她善良，她和蔼，她不会吹嘘，她不会撒谎。她也有一些小小的偏见与固执，但这些也都是平平常常的，没有什么越轨的地方；这只能增加她的人情味，而绝不能相反。同她相处，不必费心机，设提防，一切都自自然然，使人如处和暖的春风中。

她的生活是十分单调的、平凡的。她的天地实际上就只有她的家庭。中国有一句话说：妇女围着锅台转。德国没有什么锅台，只有煤气灶或电气灶。我的女房东也就是围着这样的灶转。每天一起床，先做早点，给她丈夫一份，给我一份。然后就是无尽无休地擦地板，擦楼道，擦大门外面马路旁边的人行道。地板和楼道天天打蜡，打磨得油光锃亮。楼门外的人行道，不光是扫，而且是用肥皂水洗。人坐在地上，绝不会沾上半点尘土。德国人爱清洁，闻名全球。德文里面有一个词儿Putzteufel，指打扫房间的洁癖，或有这样洁癖的女人。Teufel的意思是“魔鬼”，Putz的意思是“打扫”。别的语言中好像没有完全相当的字。我看，我的女房东，同许多德国妇女一样，就是一个不折不扣“清扫魔鬼”。

我在生活方面所有的需要，她一手包下来了。德国人生活习惯同中国人不同。早晨起床后，吃早点，然后去上班；十一点左右，吃自己带去的一片黄油夹香肠或奶酪的面包；下午一点左右吃午饭。这是一天的主餐，吃的都是热汤热菜，主食是土豆。下午四点左右，喝一次茶，吃点饼干之类的东西。晚上七时左右吃晚饭，泡一壶茶或者咖啡，吃凉面包、香肠、火腿、干奶酪，等等。我是一个年轻的穷学生，一无时间，二无钱来摆这个谱儿。我还是中国老习惯，一日三餐。早点在家里吃，一壶茶，两片面包。午饭在外面馆子里或学生食堂里吃，都是热东西。晚上回家，女房东把他们中午吃的热餐给我留下一份。因此，我的晚餐也都是热汤热菜，同德国人不一样，这基本上是中国办法。这都是女房东在了解了中国人的吃饭习惯之后精心安排的。我每天在研究所里工作了一整天之后，回到家来，能够吃上一顿热乎乎的晚饭，心里当然是美滋滋的。对女房东这番情意，我是由衷地感激的。

晚饭以后，我就在家里工作。到了晚上十点左右，女房东进屋来，把我的被子铺好，把被罩拿下来，放到沙发上。这工作其实是非常简单的，我自己尽可以做。但是，女房东却非做不可，当年她儿子住这一间屋子时，她就是天天这样做的。铺好床以后，她就站在那里，同我闲聊。她把一天的经历，原原本本，详详细细，都向我“汇报”。她见了什么人，买了什么东西，碰到了什么事情，到过什么地方，一一细说，有时还绘声绘形，说得眉飞色舞。我无话可答，只能洗耳恭听。她的一些婆婆妈妈的事情，我并不感兴趣。但是，我初到德国时，听说德语的能力都不强。每天晚上上半小时的“听力课”，对我大有帮助。我的女房东实际上成了我的不收费的义务教员。这一点我从来没有对她说，她也永远不会懂的。“汇报”完了以后，照例说一句：“夜安！祝你愉快地安眠！”我也说同样的话，然后她退出，回到自己的房间里。我把皮鞋放在门外，明天早晨，她把鞋擦亮。我这一天的活动就算结束了，上床睡觉。

其余许多杂活，比如说洗衣服、洗床单、准备洗澡水，等等，无不由女房东去干。德国被子是鸭绒的，鸭绒没有被固定起来，在被套里面享有绝对的自由活动的权利。我初到德国时，很不习惯，睡下以后，在梦中翻两次身，鸭绒就都活动到被套的一边去，这里绒毛堆积如山，而另一边则只剩下两层薄布，当然就不能御寒，我往往被冻醒。我向女房东一讲，她笑得眼睛里直流泪。她于是细心教我使用鸭绒被的方法。我就像一个小孩子一样，在她的照顾下愉快地生活。

她的家庭看来是非常和睦的，丈夫忠厚老实，一个独生子不在家，老夫妇俩对儿子爱如掌上明珠。我记得，有一段时间，老头月月购买哥廷根的面包和香肠，打起包裹，送到邮局，寄给在达姆施塔特（Darmstadt）高工念书的儿子。老头腿有点毛病，走路一瘸一拐，很不灵便；虽然拿着手杖，仍然非常吃力。可他不辞辛劳，月月如此。后来老夫妇俩出去度假，顺便去看儿子。到儿子的住处大学生宿舍里去，一瞥间，他们看到老头千辛万苦寄来的面包和香肠，却发了霉，干瘪瘪地躺在桌子下面。老头怎样想，不得而知。老太太回家后，在晚上向我“汇报”时，絮絮叨叨地讲到这件事，说她大为吃惊。但是，奇怪的是，老头还是照样拖着两条沉重的腿，把面包和香肠寄走。我不禁想到，“可怜天下父母心”，古今中外之所同。然而儿女对待父母的态度，东西方却不大相同了。章太太的男房东可以为证。我并不提倡愚忠愚孝。但是，即使把父母与子女之间的关系，化为一般人与人之间的关系，像房东儿子的做法不也是有点过分了吗？

女房东心里也是有不平的。

儿子结了婚，住在外城，生了一个小孙女。有一次，全家回家来探望父母。儿媳长得非常漂亮，衣着也十分摩登。但是，女房东对她好像并不热情，对小孙女也并不宠爱。儿媳是年轻人，对好多事情有点马大哈，从中也可以看出德国两代人之间的“代沟”。有一天，儿媳使用手纸过多，把马桶给堵塞了。老太太非常不满意，拉着我到卫生间指给我看。脸上露出了许多怪物相，有愤怒，有轻蔑，有不满，有憎怨。此事她当然不能对儿子讲，连丈夫大概也没有敢讲，茫茫宇宙间她只有对我一个人诉说不平了。

女房东也是有偏见的。

关于戴帽子的偏见，我在上面已经谈过了，这里不再重复。她的偏见不只限于这一点，而且最突出的也不是这一件事。最突出的是宗教偏见。她自己信奉的是耶稣教，对天主教怀有莫名其妙的刻骨的仇恨。世界各地区各民族都毫无例外地有宗教偏见。这种偏见比任何其他偏见都更偏见。欧洲耶稣基督教新旧两派之间的偏见，也是异常突出的。我的女房东没有很高的文化，她的偏见也因而更固执。但她偏偏碰到一个天主教的好人。女房东每个月要雇人洗一次衣服、床单，等等，承担这项工作的是一个天主教的老处女，年纪比女房东还要大，总有六十多岁了。她没有财产，没有职业，就靠帮人洗衣服为生。人非常老实，一天说不了几句话。却是一个十分虔诚的信徒，每月的收入，除了维持极其简朴的生活以外，全都交给教堂。她大概希望百年之后能够在虚无缥缈的天堂里占一个角落吧。女房东经常对我说："特雷莎（Therese）忠诚得像黄金一样。"特雷莎是她的名字。但是，忠诚归忠诚，一提到宗教，女房东就愤愤不平，晚上向我"汇报"时，对她也时有微词，具体的例子却从来没有听说过。

我的女房东就是这样一个有不平，有偏见，有自己的与宇宙大局、世界大局和国家大局无关的小忧愁小烦恼，有这样那样的特点的平平常常的人；但是一个心地善良、厚道、不会玩弄任何花招的平常人。

她的一生也是颇为坎坷的，走的并非都是阳关大道。据她自己说，第一次世界大战前，德国人家里普遍都有金子，她家里也一样。大战一结束，德国发了疯似的通货膨胀，把她的一点点黄金都膨胀光了，成了无金阶级。到了第二次世界大战，她只是靠工资过日子。她对政治不感兴趣，她从来不赞扬希特勒，当然更不懂去反对他。由于种族偏见，犹太人她是反对的，但也说不上是"积极分子"，只是随大流而已。她在乡下没有关系户，食品同我一样短缺。在大战中间，她丈夫饿得从一个大胖子变成一个瘦子，终于离开了人世。老两口一生和睦相处，我从来没有听到他们俩拌过嘴，吵过架。老头一死，只剩下她孤零零一人。儿子极少回来，屋子里空荡荡的。她心里是什么滋味，我不知道。从表面上来看，她只能同我这一个异邦的青年相依为命了。

战争到了接近尾声的时候，日子越来越难过。不但食品短缺，连燃料也无法弄到。哥廷根市政府俯顺民情，决定让居民到山上去砍伐树木。在这里也可以看到德国人办事之细致、之有条不紊、之遵守法纪。政府工作人员在茫茫的林海中划出了一个可以砍伐的地区，把区内的树逐一检查，可以砍伐者画上红圈。砍伐没有红圈的树，要受到处罚。女房东家里没有劳动力，我当然当仁不让，陪她上山，砍了一天树，运下山来，运到一个木匠家里，用机器截成短段，然后运回家来，贮存在地下室里，供取暖之用。由于那一个木匠态度非常坏，我看不下去，同他吵了一架。他过后到我家来，表示歉意。我觉得，这不过是小事一端，一笑置之而已。

我的女房东是一个平常人，当然不能免俗。当年德国社会中非常重视学衔，说话必须称呼对方的头衔。对方是教授，必须呼之为“教授先生”，对方是博士，必须呼之为“博士先生”。不这样，就显得有点不礼貌。女房东当然不会是例外。我通过了博士口试以后，当天晚上“汇报”时，她突然笑着问我：“我从今以后是不是要叫你‘博士先生’？”我真是大吃一惊，是我万万没有想到的。我连忙说：“完全没有必要！”她也不再坚持，仍然照旧叫我“季先生！”我称她为“欧朴尔太太！”相安无事。

一想到我的母亲般的女房东，我就回忆联翩。在漫长的十年中，我们晨夕相处，从来没有任何矛盾。值得回忆的事情实在太多太多了；即使回忆困难时期的情景，这回忆也仍然是甜蜜的。这些回忆一时是写不完的。因此我也就不再写下去了。

离开德国以后，在瑞士停留期间，我曾给女房东写过几次信。回国以后，在北平，我费了千辛万苦，弄到了一罐美国咖啡，大喜若狂。我知道，她同许多德国人一样，嗜咖啡若命。我连忙跑到邮局，把邮包寄走，期望它能越过千山万水，送到老太太手中，让她在孤苦伶仃的生活中获得一点喜悦。我不记得收到了她的回信。到了五十年代，“海外关系”成了十分危险的东西。我再也不敢写信给她，从此便云天渺茫，互不相闻。正如杜甫所说的“明日隔山岳，世事两茫茫”了。

1983年，在离开哥廷根将近四十年之后，我又回到了我的第二故乡。我特意挤出时间，到我的故居去看了看。房子整洁如故，四十年漫长岁月的痕迹一点也看不出来。我走上三楼，我的住房门外的铜牌上已经换了名字。我也无从打听女房东的下落，她恐怕早已离开了人世，同她丈夫一起，静卧在公墓的一个角落里。我回首前尘，百感交集。人生本来就是这样，我有什么办法呢？我只有虔心祷祝她那在天之灵——如果有的话——永远安息。

我的老师们

在深切怀念我的两个不在眼前的母亲的同时，在我眼前那一些德国老师，就越发显得亲切可爱了。

在德国老师中同我关系最密切的当然是我的Doktor-Vater（博士父亲）瓦尔德施密特（Waldschmidt）教授。我同他初次会面的情景，我在上面已经讲了一点。他给我的第一个印象是，他非常年轻。他的年龄确实不算太大，同我见面时，大概还不到四十岁吧。他穿一身厚厚的西装，面孔是孩子似的面孔。我个人认为，他待人还是彬彬有礼的。德国教授多半都有点教授架子，这是他们的社会地位和经济地位所决定的，是不以人的意志为转移的。后来听说，在我以后的他的学生们都认为他很严厉。据说有一位女士把自己的博士论文递给他，他翻看了一会儿，一下子把论文摔到地下，愤怒地说道："Das ist aber alles Mist!（这全是垃圾，全是胡说八道！）"这位小姐从此耿耿于怀，最终离开了哥廷根。

我跟他学了十年，应该说，他从来没有对我发过脾气。他教学很有耐心，梵文语法抠得很细。不这样是不行的，一个字多一个字母或少一个字母，意义方面往往差别很大。我以后自己教学生，也学他的榜样，死抠语法。他的教学法是典型的德国式的。记得是德国19世纪的伟大东方语言学家埃瓦尔德（Ewald）说过一句话："教语言比如教游泳，把学生带到游泳池旁，把他往水里一推，不是学会游泳，就是淹死，后者的可能是微乎其微的。"瓦尔德施密特采用的就是这种教学法。第一二两堂，念一念字母。从第三堂起，就读练习，语法要自己去钻。我最初非常不习惯，准备一堂课，往往要用一天的时间。但是，一个学期四十多堂课，就读完了德国梵文学家施滕茨勒的教科书，学习了全部异常复杂的梵文文法，还念了大量的从梵文原典中选出来的练习。这个方法是十分成功的。

瓦尔德施密特教授的家庭，最初应该说是十分美满的。夫妇二人，一个上中学的十几岁的儿子。有一段时间，我帮助他翻译汉文佛典，常常到他家去，同他全家一同吃晚饭，然后工作到深夜。餐桌上没有什么人多讲话，安安静静。有一次他笑着对儿子说道："家里来了一个中国客人，你明天大概要在学校里吹嘘一番吧？"看来他家里的气氛是严肃有余，活泼不足。他夫人也是一个不大爱说话的人。

后来，大战一爆发，他自己被征从军，是一个什么军官。不久，他儿子也应征入伍。过了不太久，从1941年冬天起，东部战线胶着不进，相持不下，但战斗是异常激烈的。他们的儿子在北欧一个国家阵亡了。我现在已经忘记了，夫妇俩听到这个噩耗时反应如何。按理说，一个独生子幼年战死，他们的伤心可以想见。但是瓦尔德施密特教授是一个十分刚强的人，他在我面前从未表现出伤心的样子，他们夫妇也从未同我谈到此事。然而活泼不足的家庭气氛，从此更增添了寂寞冷清的成分，这是完全可以想象的了。

在瓦尔德施密特被征从军后的第一个冬天，他预订的大剧院的冬季演出票，没有退掉。他自己不能观看演出，于是就派我陪伴他夫人观看，每周一次。我吃过晚饭，就去接师母，陪她到剧院。演出有歌剧，有音乐会，有钢琴独奏，有小提琴独奏，等等，演员都是外地或国外来的，都是赫赫有名的人物。剧场里灯火辉煌，灿如白昼；男士们服装笔挺，女士们珠光宝气，一片升平祥和气象。我不记得在演出时遇到空袭，因此不知道敌机飞临上空时场内的情况。但是散场后一走出大门，外面是完完全全的另一个世界，顶天立地的黑暗，由于灯火管制，不见一缕光线。我要在这任何东西都看不到的黑暗中，送师母摸索着走很长的路到山下她的家中。一个人在深夜回家时，万籁俱寂，走在宁静的长街上，只听到自己脚步的声音，跫然而喜。但此时正是乡愁最浓时。

我想到的第二位老师是西克教授。

他的家世，我并不清楚。到他家里，只见到老伴一人，是一个又瘦又小的慈祥的老人。子女或什么亲眷，从来没有见过。看来是一个非常孤寂清冷的家庭，尽管老夫妇情好极笃，相依为命。我见到他时，他已经早越过了古稀之年。他是我平生所遇到的中外各国的老师中对我最爱护、感情最深、期望最大的老师。一直到今天，只要一想到他，我的心立即剧烈地跳动，老泪立刻就流满全脸。他对我传授知识的情况，上面已经讲了一点，下面还要讲到。在这里我只讲我们师徒二人相互间感情深厚的一些情况。为了存真起见，我仍然把我当时的一些日记，一字不改地抄在下面：

1940年10月13日

昨天买了一张Prof. Sieg的相片，放在桌子上，对着自己。这位老先生我真不知道应该怎样感激他。他简直有父亲或者祖父一般的慈祥。我一看到他的相片，心里就生出无穷的勇气，觉得自己对梵文应该拼命研究下去，不然简直对不住他。

1941年2月1日

五点半出来，到Prof. Sieg家里去。他要替我交涉增薪，院长已答应。这真是意外的事。我真不知道应该怎样感谢这位老人家，他对我好得真是无微不至，我永远不会忘记！

原来他发现我生活太清苦，亲自找文学院长，要求增加我的薪水。其实我的薪水是足够用的，只因我枵腹买书，所以就显得清苦了。

1941年，我一度想设法离开德国回国。我在10月29日的日记里写道：

> 十一点半，Prof. Sieg去上课。下了课后，我同他谈到我要离开德国，他立刻兴奋起来，脸也红了，说话也有点震颤了。他说，他预备将来替我找一个固定的位置，好让我继续在德国住下去，万没想到我居然想走。他劝我无论如何不要走，他要替我设法同Rektor（大学校长）说，让我得到津贴，好出去休养一下。他简直要流泪的样子。我本来心里还有点迟疑，现在又动摇起来了。一离开德国，谁知道哪一年再能回来，能不能回来？这位像自己父亲一般替自己操心的老人十九是不能再见了。我本来容易动感情。现在更制不住自己，很想哭上一场。

像这样的情况，日记里还有一些，我不再抄录了。仅仅这三则，我觉得，已经完全能显示出我们之间的关系了。还有一些情况，我在下面谈吐火罗文的学习时再谈，这里暂且打住。

我想到的第三位老师是斯拉夫语言学教授布劳恩（Braun）。他父亲生前在莱比锡大学担任斯拉夫语言学教授，他可以说是家学渊源，能流利地说许多斯拉夫语。我见他时，他年纪还轻，还不是讲座教授。由于年龄关系，他也被征从军。但根本没有上过前线，只是担任翻译，是最高级的翻译。苏联一些高级将领被德军俘虏，希特勒等法西斯头子要亲自审讯，想从中挖取超级秘密。担任翻译的就是布劳恩教授，其任务之重要可想而知。他每逢休假回家的时候，总高兴同我闲聊他当翻译时的一些花絮，很多是德军和苏军内部最高领导层的真实情况。他几次对我说，苏军的大炮特别厉害，德国难望其项背。这是德国方面从来没有透露过的极端机密，给我留下了深刻的印象。

他的家庭十分和美。他有一位年轻的夫人，两个男孩子，大的叫安德烈亚斯，有五六岁，小的叫斯蒂芬，只有二三岁。斯蒂芬对我特别友好，我一到他家，他就从远处飞跑过来，扑到我的怀里。他母亲教导我说："此时你应该抱住孩子，身子转上两三圈，小孩子最喜欢这玩意！"教授夫人很和气，好像有点愣头愣脑，说话直爽，但有时候没有谱儿。

布劳恩教授的家离我住的地方很近，走二三分钟就能走到。因此，我常到他家里去玩。他有一幅中国古代的刺绣，上面绣着五个大字："时有溪山兴"。他要我翻译出来。从此他对汉文产生了兴趣，自己买了一本汉德字典，念唐诗。他把每一个字都查出来，居然也能讲出一些意思。我给他改正，并讲一些语法常识。对汉语的语法结构，他觉得既极怪而又极有理，同他所熟悉的印欧语系语言迥乎不同。他认为，汉语没有形态变化，也可能是优点，它能给读者以极大的联想自由，不像印欧语言那样被形态变化死死地捆住。

他是一个多才多艺的人，擅长油画。有一天，他忽然建议要给我画像。我自然应允了，于是有比较长的一段时间，我天天到他家里去，端端正正地坐在那里，当模特儿。画完了以后，他问我的意见。我对画不是内行，但是觉得画得很像我，因此就很满意了。在科学研究方面，他也表现了他的才艺。他的文章和专著都不算太多，他也不搞德国学派的拿手好戏：语言考据之学。用中国的术语来说，他擅长义理。他有一本讲19世纪沙俄文学的书，就是专从义理方面着眼，把列·托尔斯泰和陀思妥耶夫斯基列为两座高峰，而展开论述，极有独特的见解，思想深刻，观察细致，是一部不可多得的著作。可惜似乎没有引起多少注意。我都觉得有寂寞冷落之感。

总之，布劳恩教授在哥廷根大学是颇为不得志的。正教授没有份儿，哥廷根科学院院士更不沾边儿。有一度，他告诉我，斯特拉斯堡大学有一个正教授缺了人，他想去，而且把我也带了去。后来不知为什么，没有实现。一直到四十多年以后我重新访问西德时，我去看他，他才告诉我，他在哥廷根大学终于得到了一个正教授的讲座，他认为可以满意了。然而他已经老了，无复年轻时的潇洒英俊。我一进门他第一句话说是：“你晚来了一点，她已经在月前去世了！”我知道他指的是谁，我感到非常悲痛。安德烈亚斯和斯蒂芬都长大了，不在身边。老人看来也是冷清寂寞的。在西方社会中，失掉了实用价值的老人，大多如此。

我欲无言了。去年听德国来人说，他已经去世。我谨以心香一瓣，祝愿他永远安息！

我想到的第四位德国老师是冯·格林博士（Dr. von Grimm）。据说他是来自俄国的德国人，俄文等于是他的母语。在大学里，他是俄文讲师。大概是因为他从来没有发表过什么学术论文，所以连副教授的头衔都没有。在德国，不管你外语多么到家，只要没有学术著作，就不能成为教授。工龄长了，工资可能很高，名位却不能改变。这一点同中国是很不一样的。中国教授贬值，教授膨胀，由来久矣。这也算是中国的“特色”吧。反正冯·格林始终只是讲师。他教我俄文时已经白发苍苍，心里总好像是有一肚子气，终日郁郁寡欢。他只有一个老伴，他们就住在高斯—韦伯楼的三楼上。屋子极为简陋。老太太好像终年有病，不大下楼。但心眼极好，听说我患了神经衰弱症，夜里盗汗，特意送给我一个鸡蛋，补养身体。要知道，当时一个鸡蛋抵得上一个元宝，在饿急了的时候，鸡蛋能吃，而元宝则不能。这一番情意，我异常感激。冯·格林博士还亲自找到大学医院的内科主任沃尔夫（Wolf）教授，请他给我检查。我到了医院，沃尔夫教授仔仔细细地检查过以后，告诉我，这只是神经衰弱，与肺病毫不相干。这一下子排除了我的一块心病，如获重生。这更增加了我对这两位孤苦伶仃的老人的感激。离开德国以后，没有能再见到他们，想他们早已离开人世了，却永远活在我的心中。

我回想起来的老师当然不限于以上四位，比如阿拉伯文教授冯·素顿（Von Soden），英文教授勒德尔（Roeder）和怀尔德（Wilde），哲学教授海泽（Heyse），艺术史教授菲茨图姆（Vitzthum）侯爵，德文教授麦伊（May），伊朗语教授欣茨（Hinz），等等，我都听过课或有过来往，他们待我亲切和蔼，我都永远不会忘记。我在这里就不一一叙述了。

悼念朱光潜先生

听到孟实[①]先生逝世的消息，我的心情立刻沉重起来。这消息对我并不突然，因为他毕竟是快九十岁的人了，而且近几年来，身体一直不好。但是，如果他能再活上若干年，对我国的学术界，对我自己，不是更有好处吗？

现在，在北京大学内外，还颇有一些老先生可以算作我的师辈。因为，我当学生的时候，他们已经是教授了。但是，我真正听过课的老师，却只剩下孟实先生一人。按旧日的习惯，我应该称他为业师。在今天的新社会中，师生关系内容和意义都有了一些改变。但是，尊师重道仍然是我们要大力提倡的。我对于我这一位业师，一向怀有深深的敬意。而今而后，这敬意的接受者就少掉重要的一个了。

五十多年前，我在清华大学西洋文学系念书。我那时是二十岁上下。孟实先生是北京大学的教授，在清华大学兼课，年龄

① 朱光潜，字孟实。——编者注

三十四五岁吧。他只教一门文艺心理学，实际上就是美学，这是一门选修课。我选了这一门课，认真地听了一年。当时我就感觉到，这一门课非同凡响，是我最满意的一门课，比那些英、美、法、德等国来的外籍教授所开的课好到不能比的程度。朱先生不是那种口若悬河的人，他的口才并不好，讲一口带安徽味的蓝青官话，听起来并不“美”。看来他不是一个演说家，讲课从来不看学生，两只眼向上翻，看的好像是天花板上或者窗户上的某一块地方，然而却没有废话，每一句话都清清楚楚。他介绍西方各国流行的文艺理论，有时候举一些中国旧诗词做例子，并不牵强附会，我们一听就懂。对那些古里古怪的理论，他确实能讲出一个道理来，我听起来津津有味。我觉得，他是一个有学问的人，一个在学术上诚实的人，他不哗众取宠，他不用连自己都不懂的“洋玩意儿”去欺骗、吓唬年轻的中国学生。因此，在开课以后不久，我就爱上了这一门课，每周盼望上课成为我的乐趣了。

孟实先生在课堂上介绍了许多欧洲心理学家和文艺理论家的新理沦，比如李普斯的感情移入说，还有什么人的距离说，等等。他们从心理学方面，甚至从生理学方面来解释关于美的问题。其中有不少理论我觉得是有道理的，一直到今天我仍然记忆不忘。要说里面没有唯心主义成分，那是不能想象的。但是资产阶级的科学家，只要是一个有良心、不存心骗人的人，他总是会在不同程度上正视客观实际的，他的学说总会有合理成分的。我们倒洗澡水不应该连婴儿一起倒掉。达尔文和爱因斯坦难道不是资产阶级的科学家吗？但是，你能说，他们的学说完全不正确吗？我们过去有一些人习惯于用贴标签的办法来处理学术问题，把极其复杂的学术问题过分地简单化了。这不利于学术的发展。这种倾向到了“十年浩劫”期间，在“四人帮”的煽动下，达到了骇人听闻的荒谬的程度。“四人帮”竟号召对相对论一窍不通的人来批判爱因斯坦，成为千古笑谈。孟实先生完全不属于这一类人。他老老实实，本本分分，自己认识到什么程度，就讲到什么程度，一步一个脚印，无形中影响了学生。

离开清华以后，我出国一住就是十一年。在这期间，国内正在奋起抗日，国际上则是第二次世界大战。“烽火连八年，家书抵亿金。”在一段相当长的时间内，我完全同祖国隔离，什么情况也不知道，1946年回国，立即来北大工作。那时孟实先生也转来北大。他正编一个杂志，邀我写文章。我写了一篇介绍《五卷书》的文章，发表在那个杂志上。他住的地方离我的住处不远。他的办公室（他当时是西方语言文学系主任，我是东方语言文学系主任）和我的办公室相隔也不远。但是我无论如何也回忆不起来，我曾拜访过他。说起来似乎是件怪事，然而却是事实。现在恐怕有很多人认为我是什么“社会活动家”。其实我的性格毋宁说是属于孤僻一类，最怕见人。我的老师和老同学很多，我几乎是谁都不拜访。天性如此，无可奈何，而今就是想去拜访孟实先生，也完全不可能了。

我因为没有在重庆或者昆明待过，对于抗战时期那里的情况完全不了解。对于朱先生当时的情况也完全不清楚。到了北平以后，听了三言两语，我有时候也同几个清华的老同学窃窃私议过。到了1949年北平解放前夕，按朱先生的地位，他完全有资格乘南京派来的专机离开中国大陆的。然而他没有这样做，他毅然留了下来，等待北平的解放。其中过程细节，我完全不清楚。然而这件事却给我留下了深刻的印象：朱先生毕竟是经受住了考验，选择了一条唯一正确的道路。

我常常想，在解放前，中国的知识分子大概分为三类：先知先觉的、后知后觉的、不知不觉的。第一类是少数，第三类也是少数。孟实先生（还有我自己），在政治上不是先知先觉，但又绝非不知不觉。爱国无分少长，革命难免先后，这恐怕是一条规律。孟实先生同一大批旧社会来的知识分子一样，经过了几十年的观察与考验、前进和停滞，既走过阳关大道，也走过独木小桥，最终还是认识了真理，认为共产党指出的道路是唯一正确的，因而坚定不移地在这一条路上走下去。孟实先生有一些情况我原来并不清楚。只是到了前几年，我读到他在抗战期间从重庆给周扬同志写的一封信，我才知道，他对国民党并不满意，他也向往延安。我心中暗自谴责：我没有能全面了解孟实先生。总之，我认为，孟实先生一生是大节不亏的。他走的道路是一切正直的中国知识分子都应该走的道路。

这一条道路当然也绝不会是平坦的。三十多年来，风风雨雨，几乎所有的老知识分子都在风雨中经受磨炼。最突出的例子当然是“十年浩劫”。孟实先生被关进了牛棚。我是自己“跳”出来的，一跳也就跳进了牛棚。想不到几十年前的师生现在成了“同棚”。牛棚生活不是三言两语所能说清的。在这里暂且不谈。孟实先生在棚里的一件小事，我却始终忘记不了。他锻炼身体有一套方术，大概是东西均备，佛道沟通。在那种阴森森的生活环境中，他居然还在锻炼身体，我实在非常吃惊，而且替他捏一把汗。晚上睡下以后，我发现他在被窝里胡折腾，不知道一些什么名堂。早晨他还偷跑到一个角落里去打太极拳一类的东西。有一次被“监改人员”发现了，大大地挨了一通批。在这些“大老爷”眼中，我们锻炼身体是罪大恶极的。这是一件微不足道的小事，然而它的意义却不小。从中可以看出，孟实先生对自己的前途没有绝望，对我们的事业也没有绝望，他执着于生命，坚决要活下去。否则的话，他尽可以像一些别的难兄难弟一样，破罐子破摔算了。说老实话，我在当时的态度实在比不上他。这一件事，我从来没有同他谈起过，只是暗暗地记在心中。

“四人帮”垮台以后，天日重明，孟实先生以古稀之年，重又精神抖擞，从事科研、教学和社会活动。他的生活异常地有规律。每天早晨，人们总会看到一个瘦小的老头在大图书馆前漫步。在工作方面，他抓得非常紧，他确实达到了壮心不已的程度。他译完了黑格尔的美学，又翻译维柯的著作。这些著作内容深奥，号称难治，能承担这种翻译工作的，并世没有第二人，孟实先生以他渊博的学识和湛深的外语水平，兢兢业业，勤勤恳恳，争分夺秒，锲而不舍，“焚膏油以继晷，恒兀兀以穷年”，终于完成了这项艰巨的工作，给我们留下了宝贵的财富，得到了学术界普遍的赞扬。

孟实先生学风谨严，一丝不苟，谦虚礼让，不耻下问。他曾多次问到我关于古代印度宗教的问题。他对中外文学都有精湛的研究，这是学术界公认的。他的文笔又流利畅达，这也是学者中间少有的。思想改造运动时，有人告诉我说是喜欢读朱先生写的自我批评的文章。我当时觉得非常可笑：这是什么时候呀，你居然还有闲情逸致来欣赏文章！然而这却是事实，可见朱先生文章感人之深。他研究中外文艺理论，态度同样严肃认真。他翻译外国名著，也是句斟字酌，不轻易下笔。严复说：“一名之立，旬月踟蹰。”我在朱先生身上也发现了这种认真负责的态度。解放后，他努力学习辩证唯物主义和历史唯物主义，并以此指导自己的研究工作，给我们树立了榜样。

现在，孟实先生离开了我们。他一生执着追求，没有偷懒。将近九十年的漫长的道路，走过来并不容易。峰回路转，柳暗花明，他都碰到过。顺利与挫折，他都经受过。但是，他在千辛万苦之后，毕竟找到了真理，热爱祖国，热爱社会主义，找到了一个中国知识分子的最好的归宿。现在人们常谈生命的价值；我认为，孟实先生是实现了生命的价值的。

听到孟实先生逝世的消息时，我并没有流泪，但是在写这篇短文时，却几次泪如泉涌。生生死死，自然规律，任何人也改变不了。古人说：“大块劳我以生，息我以死。”孟实先生，安息吧！你的形象将永远留在你这一个年迈而不龙钟的学生的心中。

两个小孩子

我喜欢小孩；但我不说那一句美丽到俗不可耐程度的话：小孩子是祖国的花朵。我喜欢就是喜欢，我曾写过《三个小女孩》，现在又写《两个小孩子》。

两个小孩子都姓杨，是叔伯姐弟。姐姐叫秋菊，六岁；弟弟叫秋红，两岁。他们的祖母带着秋菊的父母，从河北某县的一个农村里，到北大来打工，当家庭助理，扫马路，清除垃圾。垃圾和马路都清除得一干二净，受到这一带居民的赞扬。

去年秋天的一天，我同我们的保姆小张出门散步，门口停着一辆清扫垃圾的车，一个小女孩在车架和车把上盘旋攀登，片刻不停。她那一双黑亮的吊角眼，透露着动人的灵气。我们都觉得这小孩异常可爱，便搭讪着同她说话。她毫不腼腆，边攀登，边同我们说话，有问必答。我们回家拿月饼给她吃，她的手接了过去，咬了一口，便不再吃，似乎不太合口味。旁边一个青年男子，用簸箕把树叶和垃圾装入拖车的木箱里，看样子就是小女孩的父亲了。

从此我们似乎就成了朋友。

我们天天出去散步，十次有八次碰上这个小女孩，我们问她叫什么名，她说："叫秋菊。"有时候秋菊见我们走来，从老远处就飞跑过来，欢迎我们。她总爱围着小张绕圈子转，我们问她为什么，她只嘿嘿地笑，什么话也不说，仍然围着小张绕圈子不停，两只吊角眼明亮闪光，满脸顽皮的神气。

秋菊对她家里人的工作情况和所得的工资了若指掌。她说，爸爸在勺园值夜班，冬天烧锅炉，白天到朗润园来清掏垃圾，用板车运送，倒入垃圾桶中。奶奶服侍一个退休教师，做饭，洗衣服，打扫卫生。妈妈在一家当保姆，顺便扫扫马路。这些事大概都是大人闲聊时说出来的。她从旁边听到，记在心中。她同奶奶住在一间屋里，早餐吃方便面，还有包子什么的。奶奶照顾她显然很好，她那红润丰满的双颊就足以证明。秋菊是一个幸福的孩子。

我们出来散步，也有偶尔碰不到秋菊的时候，此时我们真有点惘然若有所失。有时候，我们走到她奶奶住房的窗外，喊着秋菊的名字。在我们不注意间，她像一只小鹿连蹦带跳地从屋里跑了出来，又围着小张绕开了圈子，两只吊角眼明亮闪光，满脸顽皮的神气。

有一天，我们问秋菊愿意吃什么东西。她说，她最喜欢吃带木棍的糖球。我们问：

"把你卖了行不行？"

“行！卖了我吃糖球。”

“把你爸爸卖了行不行？”

“行！卖了爸爸吃饼干。”

“把你妈卖了行不行？”

“行！卖了俺妈吃香蕉。”

“把你奶奶卖了行不行？”

我们正恭候她说卖了奶奶吃什么哩，她却说：

“奶奶没有人要！”

我们先是一惊，后来便放声大笑。秋菊也嘿嘿地笑个不停。她显然是了解这一句话的含义的。两只吊角大眼更明亮闪光，满脸顽皮的神气。

今年春天，一连几天没有碰到秋菊。我感到事情有点蹊跷。问她奶奶，才知道，秋菊已经被送回原籍去上小学了。我同小张有什么办法呢？我们都颇有点黯然神伤的滋味。从今以后，再不会有一个活蹦乱跳的小女孩绕着小张转圈了。

过了不久，我同小张又在秋菊奶奶主人的门前碰到这一位老妇人。她主人的轮椅的轱辘撒了气，我们帮她把气儿打上。旁边站着一个极小的男孩，一问才知道他叫秋红，两岁半，是秋菊的堂弟。小孩长的不是吊角眼，而是平平常常的眼睛，可也是灵动明亮，黑眼球仿佛特别大而黑，全身透着一股灵气。小孩也一点不腼腆，我们同他说话，他高声说：“爷爷好！阿姨好！”原来是秋菊走了以后，奶奶把他接来做伴的。

从此我们又有了一个小伙伴。

但是，秋红毕竟太小了，不能像秋菊那样走很远的路。可是，不管他同什么小孩玩，一见到我们，从老远就高呼："爷爷好！阿姨好！"铜铃般的童声带给我们极大的愉快。

有一天，我同小张散步倦了，坐在秋红奶奶屋旁的长椅子上休息。此时水波不兴，湖光潋滟，杨柳垂丝，绿荷滴翠，我们顾而乐之，仿佛羽化登仙，遗世独立了。冷不防，小秋红从后面跑了过来，想跟我们玩儿。我们逗他跳舞，他真的把小腿一蹬，小胳膊一举，蹦跳起来。在舞蹈家眼中，这可能是非常幼稚可笑的，可是那一种天真无邪的模样，世界上哪一个舞蹈家能够有呢？我们又逗他唱歌。他毫不推辞，张开小嘴，边舞蹈，边哼唧起来。最初我们听不清他唱的是什么，经过几次重复，我才听出来，他唱的竟是李白的"床前明月光，疑是地上霜。举头望明月，低头思故乡"。我不禁大为惊叹：一个仅仅两岁半的乡村儿童竟能歌唱唐代大诗人李白的名篇，这情况谁能想象得到呢？

又有一天，我同小张出去散步，坐在平常坐的椅子上，小秋红又找我们来了。我们又让他唱歌跳舞。他恭恭敬敬地站在我们面前，先鞠了一大躬，然后又唱又舞，有时候竟用脚尖着地，做芭蕾舞状。舞蹈完毕，高声说："大家好！"仪式完毕。这一套仪式，我猜想，是他在家乡看歌舞演出时观察到的。那时他恐怕还不到两岁，至多两岁出头。又有一次，我们坐在椅子上，小秋红又跑过来了，嘴里喊着：“爷爷好！阿姨好！”小张教他背诵：

锄禾日当午，汗滴禾下土。

谁知盘中餐，粒粒皆辛苦。

小张只念了一遍，秋红就能够背诵出来。这真让我大大地吃了一惊。古人说“过目成诵”，眼前这个两岁半的孩子是“过耳成诵”。一个仅仅两岁半的乡村儿童能达到这个水平，谁能不吃惊呢？相传唐代大诗人白居易三岁识“之”“无”，千古传为美谈。如今这个仅仅两岁半的孩子在哪一方面比白居易逊色呢？

中国是世界上的诗词大国，篇章之多，质量之高，宇内实罕有其俦。我国一向有利用诗词陶冶性灵、提高人品的传统，用今天的话来说就是提高人文素质。然而，出于种种原因，近半个世纪以来，此道不畅久矣。最近国家领导人以及有识之士，大力提倡背诵诗词以提高审美能力，加强人文素质，达到让青年和国民能够完美全面地发展的目的，这会大大有利于祖国的建设事业。我原以为这是一件比较困难、需要长期努力的工作，我哪里会想到于无意间竟在一个才两岁半的农村小孩子身上看到了曙光，看到了光辉灿烂的未来，我不禁狂喜，真要手之舞之足之蹈之了。

秋红到21世纪不过才到三岁，21世纪是他们的世纪。如果全国农村和城市的小孩子都能像秋红这样从小就享有提高人文素质教育的机会，我们祖国的前途真可以预卜了。我希望新闻界的朋友们能闻风而动，到秋红的农村里去采访一次。我相信，他们绝不会空手而归的。

现在，不像秋菊那样杳如黄鹤，秋红还在我的眼前。我每天半小时的散步就成了一天最幸福的时刻，特别是在碰到秋红的时候。

附：关于《两个小孩子》的一点纠正

最近我写一篇叙事散文《两个小孩子》，发表于1996年10月16日。其中我提到白居易三岁识“之”“无”。蒙《海口晚报》的张竺夫先生来函指正，说在白居易的《与元九书》中说到自己在生后六七个月就能认识“无”“之”两字。对张先生的厚爱，我十分感激。

《与元九书》这篇文章，我依稀读过，但印象不深。后来不知道在一本什么笔记里读到白居易三岁识“之”“无”的说法，印象独深。现在才知道是错了。不然我哪会有发明“白居易识‘之’‘无’”的天才呢？张先生提出了纠正，这对我来说是改正了错误，增加了见识；对读者来说是得到了正确的信息。有百利而无一害。

但是，我不想改这原文。古人说："君子之过也，如日月之蚀，人皆见之。"我不想偷偷摸摸地改得毫无错误的痕迹。我一向不悔少作，也不改我的文章。就在今年春夏之交，我写过一篇《站在胡适之先生墓前》的随笔，一开头，我的记忆就出了毛病，把事情记错了；但是，我仍然不改，只加上了一条"附记"，算是对读者负责。如果允许我援引一个先例的话，我就援引鲁迅先生的例子。在他的名著《阿Q正传》第一序中，他写道："虽然英国正史上并无'博徒列传'，而文豪迭更司[1]也作过《博徒别传》这一部书。"

这一篇小说是1921年创作的，一直到1926年，五年以后了，鲁迅才在致韦素园的信中写道："《博徒别传》是*Rodney Stone*的译名，但是C. Doyle作的。《阿Q正传》中说是迭更司作，乃是我误记。"

可是，对这一篇流传世界，誉满士林的作品，鲁迅并没有加以修改。鲁迅的动机何在？我不敢妄加推测。我也并不是有意效颦，我的想法已如上述，不再重复。我只是想，当年如果有博学如张先生者，则必不至错误拖了五年才得到改正。

张先生信中还有几句话："而两岁半能背几句唐诗，无论是从古还是至今，都是很寻常的事。"这几句话我是无法赞成的。我行年九十，走遍了大半个世界，一个从僻远乡村出生的、一个

① 即英国作家狄更斯。——编者注

字也不识的、仅仅两岁半的孩子能背唐诗，我还是第一次遇到。张先生竟说“是很寻常的事”，难道我们经历的是两个世界吗？名门大家、书香门第或者可能有个别处，但是，我还没有见到过。我一辈子滥竽知识分子群中，也没有遇到过。因此，“秋红现象”，我认为还是值得重视的。我那一篇文章的最后一段，我不想改动。

人间自有真情在

前不久，我写了一篇短文《园花寂寞红》，讲的是楼右前方住着的一对老夫妇，男的是中国人，女的是德国人。他们在德国结婚后，移居中国，到现在已将近半个世纪了。哪里想到，一夜之间，男的突然死去。他天天侍弄的小花园，失去了主人。几朵仅存的月季花，在秋风中颤抖，挣扎，苟延残喘，浑身凄凉、寂寞。

我每天走过那个小花园，也感到凄凉、寂寞。我心里总在想：到了明年春天，小花园将日益颓败，月季花不会再开。连那些在北京只有梅兰芳家才有的大朵的牵牛花，在这里也将永远永远地消逝了。我的心情很沉重。

昨天中午，我又走过这个小花园，看到那位接近米寿的德国老太太在篱笆旁忙活着。我走近一看，她正在采集大牵牛花的种子。这可真是件新鲜事儿。我在这里住了三十年，从来没有见到过她侍弄过花。我曾满腹疑团：德国人一般都是爱花的，这老太太真有点儿个别。可今天她为什么也忙着采集牵牛花的种子呢？

她老态龙钟，罗锅着腰，穿一身黑衣裳，瘦得像一只螳螂。虽然采集花种不是累活，她干起来也是够呛的。我问她，采集这个干什么？她的回答极简单：“我的丈夫死了，但是他爱的牵牛花不能死！”

我心里一亮，一下子顿悟出来了一个道理。她男人死了，一儿一女都在德国。老太太在中国可以说是举目无亲。虽然说是入了中国籍，但是在中国将近半个世纪，中国话说不了十句，中国饭吃不惯。她好像是中国社会水面上的一滴油，与整个社会格格不入，平常只同几个外国人和中国留德学生来往，显得很孤单。我常开玩笑说：她是组织上入了籍，思想上并没有入。到了此时，老头已去，儿女在外，返回德国，正其时矣。然而她却偏偏不走。道理何在呢？我百思不得其解。现在，一个非常偶然的机会让我看到她采集大牵牛花的种子。我一下子明白了：这一切都是为了死去的丈夫。

丈夫虽然走了，但是小花园还在，十分简陋的小房子还在。这小花园和小房子拴住了她那古老的回忆，长达半个世纪的甜蜜的回忆。这是他俩共同生活过的地方。为了忠诚于对丈夫的回忆，她不肯离开，不忍离开。我能够想象，她在夜深人静时，独对孤灯。窗外小竹林的窸窣声，穿窗而入。屋后土山上草丛中秋虫哀鸣。此外就是一片寂静。丈夫在时，她知道对面小屋里还睡着一个亲人，使自己不会感到孤独。然而现在呢，那个人突然离开自己，走了，永远永远地走了。茫茫天地，好像只剩下自己孤零零一人。人生至此，将何以堪！设身处地，如果我处在她的位置上，我一定会马上离开这里，回到自己的祖国，同儿女在一起，度过余年。

然而，这一位瘦得像螳螂似的老太太却偏偏不走，偏偏死守空房，死守这一个小花园。我知道：这一切都是为了死去的丈夫。

这一位看似柔弱实极坚强的老太太，已经走到了人生的尽头。这一点恐怕她比谁都明白。然而她并未绝望，并未消沉。她还是浑身洋溢着生命力，在心中对未来还充满了希望。她还想到明年春天，她还想到牵牛花，她眼前一定不时闪过春天小花园杂花竞芳的景象。谁看到这种情况会不受到感动呢？我想，牵牛花如有知，到了明年春天，虽然男主人已经不在了，但它一定会精神抖擞，花朵一定会开得更大，更大，颜色一定会更鲜，更艳。

伍……

世事，随缘方得自在

这些芝麻绿豆般的小事是不折不扣的身边琐事，
使我终生受用不尽。
它有时候能激励我前进，
有时候能鼓舞我振作。

论朋友

人类是社会动物。一个人在社会中不可能没有朋友。任何人的一生都是一场搏斗。在这一场搏斗中，如果没有朋友，则形单影只，鲜有不失败者。如果有了朋友，则众志成城，鲜有不胜利者。

因此，在人类几千年的历史上，任何国家，任何社会，没有不重视交友之道的，而中国尤甚。在宗法伦理色彩极强的中国社会中，朋友被尊为五伦之一，曰“朋友有信”。我又记得什么书中说：“朋友，以义合者也。”“信”“义”含义大概有相通之处。后世多以“义”字来要求朋友关系，比如《三国演义》“桃园三结义”之类就是。

《说文》对“朋”字解释是“凤飞，群鸟从以万数，故以为朋党字”。“凤”和“朋”大概只有轻唇音重唇音之别。对“友”的解释是“同志为友”。意思非常清楚。中国古代，肯定也有“朋友”二字连用的，比如《孟子》。《论语》：“有朋自远方来，不亦说乎！”却只用一个“朋”字。不知从什么时候起，“朋友”才经常连用起来。

在中国几千年的历史上，重视友谊的故事不可胜数。最著名的是管鲍之交、钟子期和伯牙的故事，等等。刘、关、张三结义更是有口碑。一直到今天，我们还讲究“哥儿们义气”，发展到最高程度，就是“为朋友两肋插刀”。只要不是结党营私，我们是非常重视交朋友的。我们认为，中国古代把朋友归入五伦是有道理的。

我们现在看一看欧洲人对友谊的看法。欧洲典籍数量虽然远远比不上中国，但是，称之为汗牛充栋也是当之无愧的。我没有能力来旁征博引，只能根据我比较熟悉的一部书来引证一些材料，这就是法国著名的《蒙田随笔》。

《蒙田随笔》上卷，第28章，是一篇叫作《论友谊》的随笔。其中有几句话：

> 我们喜欢交友胜过其他一切，这可能是我们本性所使然。亚里士多德说，好的立法者对友谊比对公正更关心。

寥寥几句，充分说明西方对友谊之重视。蒙田接着说：

> 自古就有四种友谊：血缘的、社交的、待客的和男女情爱的。

这使我立即想到，中西对友谊含义的理解是不相同的。根据中国的标准，“血缘的”不属于友谊，而属于亲情；“男女情爱的”也不属于友谊，而属于爱情。对此，蒙田有长篇累牍的解释，我无法一一征引。我只举他对爱情的几句话：

> 爱情是一旦进入友谊阶段，也就是说，进入意愿相投的阶段，它就会衰落和消逝。爱情是以身体的快感为目的，一旦享有了，就不复存在。相反，友谊越被人向往，就越被人享有，友谊只是在获得以后才会升华、增长和发展，因为它是精神上的，心灵会随之净化。

这一段话，很值得我们仔细推敲、品味。

论压力

《参考消息》曾经以半版的篇幅介绍了外国学者关于压力的说法。我也正考虑这个问题，因缘和合，不免唠叨上几句。

什么叫“压力”？上述文章中说：“压力是精神与身体对内在与外在事件的生理与心理反应。” 我一向认为，定义这玩意儿，除在自然科学上可能确切外，在人文社会科学上则是办不到的。上述定义我看也就行了。

是不是每一个人都有压力呢？我认为，是的。我们常说，人生就是一场拼搏，没有压力，哪来的拼搏？佛家说，生、老、病、死、苦，苦也就是压力。过去的国王、皇帝，近代外国的独裁者，无法无天，为所欲为，看上去似乎一点压力都没有。然而他们却战战兢兢，时时如临大敌，担心边患，担心宫廷政变，担心被毒害被刺杀。他们是世界上最孤独的人，压力比任何人都大。大资本家钱太多了，担心股市升降，房地产价格波动，等等。至于吾辈平民老百姓，“家家有一本难念的经”，这些都是压力，谁能躲得开呢？

压力是好事还是坏事？我认为是好事。从大处来看，现在全球环境污染，生态平衡破坏，臭氧层出洞，人口爆炸，新疾病丛生，等等，人们感觉到了，这当然就是压力，然而压出来的却是增强忧患意识，增强防范措施，这难道不是天大的好事吗？对一般人来说，法律和其他一切合理的规章制度，都是压力。然而这些压力何等好啊！没有它，社会将会陷入混乱，人类将无法生存。这个道理极其简单明了，一说就懂。我举自己做一个例子。我不是一个没有名利思想的人——我怀疑真有这种人，过去出于一些我曾经说过的原因，表面上看起来，我似乎是淡泊名利，其实那多半是假象。但是，到了今天，我已至望九之年，名利对我已经没有什么用，用不着再争名于朝，争利于市，这方面的压力没有了。却又来了另一方面的压力，主要来自电台采访和报刊以及友人约写文章。这对我形成颇大的压力。以写文章而论，有的我实在不愿意写，可是碍于面子，不得不应。应就是压力。于是“拨冗”苦思，往往能写出有点新意的文章。对我来说，这就是压力的好处。

压力如何排除呢？粗略来分类，压力来源可能有两类：一被动，一主动。天灾人祸，意外事件，属于被动，这种压力，无法预测，只有泰然处之，切不可杞人忧天。主动的来源于自身，自己能有所作为。我的“三不主义”的第三条是“不嘀咕”，我认为，能做到遇事不嘀咕，就能排除自己造成的压力。

漫谈撒谎

一

世界上所有的堂堂正正的宗教，以及古往今来的贤人哲士，无不教导人们：要说实话，不要撒谎。笼统来说，这是无可非议的。

最近读日本稻盛和夫、梅原猛著，卞立强译的《回归哲学》，第四章有梅原和稻盛二人关于不撒谎的议论。梅原说："不撒谎是最起码的道德。自己说过的事要实行，如果错了就说错了——我希望现在的领导人能做到这样最普通的事。苏格拉底可以说是最早的哲学家。在苏格拉底之前有些人自称是诡辩家、智者。所谓诡辩家，就是能把白的说成黑的，站在A方或反A方同样都可以辩论。这样的诡辩家教授辩论术，曾经博得人们欢迎。原因是政治需要颠倒黑白的辩论术。"

在这里，我想先对梅原的话加上一点注解。他所说的"现在的领导人"，指的是像日本这样国家的政客。他所说的"政治需要颠倒黑白的辩论术”，指的是古代希腊的政治。

梅原在下面又说：“苏格拉底通过对话揭露了掌握这种辩论术的诡辩家的无智。因而他宣称自己不是诡辩家，不是智者，而是‘爱智者’。这是最初的哲学。我认为哲学家应当回归其原点，恢复语言的权威。也就是说，道德的原点是‘不撒谎’……不撒谎是道德的基本和核心。”

梅原把“不撒谎”提高到“道德原点”的高度，可见他对这个问题是多么重视，我们且看一看他的对话者稻盛是怎样对待这个问题的。稻盛首先表示同意梅原的意见。可是，随后他就撒谎问题做了一些具体的分析。他讲到自己的经历。他说，有一个他景仰的颇有点浪漫气息的人对他说：“稻盛，不能说假话，但也不必说真话。”他听了这话，简直高兴得要跳起来。接着他就写了下面一段话：“我从小父母也是严格教导我不准撒谎。我当上了经营的负责人之后，心里还是这么想：说谎可不行啊！可是，在经营上有关企业的机密和人事等问题，有时会出现很难说真话的情况。我想我大概是为这些难题苦恼时而跟他商量的。他的这种回答在最低限度上贯彻了‘不撒谎’的态度，但又不把真实情况和盘托出。这样就可以求得局面的打开。”

上面我引用了两位日本朋友的话，一位是著名的文学家，一位是著名的企业家，他们俩都在各自的行当内经过了多年的考验磨炼，都富于人生经验。他们的话对我们会有启发的。我个人觉得，稻盛引用的他那位朋友的话，“不能说假话，但也不必说真话”，最值得我们深思。我的意思就是，对撒谎这类社会现象，我们要进行细致的分析。

二

我们中国的父母，同日本的稻盛的父母一样，也总是教导子女：不要撒谎。可怜天下父母心，总希望自己的子女能做一个堂堂正正的人，一个诚实可靠的人。如果子女撒谎成性，就觉得自己脸面无光。

不但父母这样教导，我们从小受教育也接受这样要诚实、不撒谎的教育。我记得小学教科书上讲了一个故事，内容是：一个牧童在村外牧羊。有一天忽然想出了一个坏点子，大声狂呼：“狼来了！”村里的人听到呼声，都争先恐后地拿上棍棒，带上斧刀，跑往村外。到了牧童所在的地方，那牧童却哈哈大笑，看到别人慌里慌张，觉得很开心，又很得意。谁料过了不久，果真有狼来了。牧童再狂呼时，村里的人都毫无动静，他们上当受骗一次，不想再蹈覆辙。牧童的结果怎样，就用不着再说了。

所有这一些教导都是好的，但是也有一个共同的缺点，就是缺乏分析。

上面我说到，稻盛对撒谎问题是进行过一些分析的。同样，几百年前的法国大散文家蒙田（1533—1592），对撒谎问题也是做过分析的。在《蒙田随笔》上卷，第九章《论撒谎者》，蒙田写道："有人说，感到自己记性不好的人，休想成为撒谎者，这样说不无道理。我知道，语法学家对说假话和撒谎是做区别的。他们说，说假话是指说不真实的却信以为真的事，而撒谎一词源于拉丁语（我们的法语就源于拉丁语），这个词的定义包含违背良知的意思，因此只涉及那些言与心违的人。"

大家一琢磨就能够发现，同样是分析，但日本朋友和蒙田的着眼点和出发点，都是不同的。其间区别是相当明显，用不着再来啰唆。

记得鲁迅先生有一篇文章，讲的是一个阔人生子庆祝，宾客盈门，竞相献媚。有人说：此子将来必大富大贵。主人喜上眉梢。又有人说：此子将来必长命百岁。主人乐在心头。忽然有一个人说：此子将来必死。主人怒不可遏。但是，究竟谁说的是实话呢？

写到这里，我自己想对撒谎问题来进行点分析。我觉得，德国人很聪明，他们有一个词儿notluege，意思是"出于礼貌而不得不撒的谎"。一般说来，不撒谎应该算是一种美德，我们应该提倡。但是不能顽固不化。假如你被敌人抓了去，完全说实话是不道德的，而撒谎则是道德的。打仗也一样。我们古人说"兵不厌诈"，你能说这是不道德吗？我想，举了这两个小例子，大家就可以举一反三了。

勤奋、天才（才能）与机遇

人类的才能，每个人都有所不同，这是大家都看到的事实，不能不承认的，但是有一种特殊的才能一般人称之为“天才”。有没有“天才”呢？似乎还有点争论，有点不同的看法。“文化大革命”期间，有一度曾大批“天才”，但其时所批“天才”，似乎与我现在讨论的“天才”不是一回事。根据我六七十年来的观察和思考，有“天才”是否定不了的，特别在音乐和绘画方面。你能说贝多芬、莫扎特不是音乐天才吗？即使不谈“天才”，只谈才能，人与人之间也是相差十分悬殊的。就拿教梵文来说，在同一个班上，一年教下来，学习好的学生能够教学习差的而有余。有的学生就是一辈子也跳不过梵文这个龙门。这情形我在国内外都见到过。

拿做学问来说，天才与勤奋的关系究竟如何呢？有人说：“九十九分勤奋，一分神来（属于天才的范畴）。”我认为，这个百分比应该纠正一下。七八十分的勤奋，二三十分的天才（才能），我觉得更符合实际一点。我丝毫也没有贬低勤奋的意思。

无论干哪一行的，没有勤奋，一事无成。我只是感到，如果没有才能而只靠勤奋，一个人发展的极限是有限度的。

现在，我来谈一谈天才、勤奋与机遇的关系问题。我记得六十多年前在清华大学读西洋文学时，读过一首英国诗人Thomas Gray（托马斯·格雷）的诗，题目大概是叫《乡村墓地哀歌》（*Elegy*）。诗的内容，时隔半个多世纪，全都忘了，只有一句还记得："在墓地埋着可能有莎士比亚。"意思是指，有莎士比亚天才的人，老死穷乡僻壤间。换句话说，他没有得到"机遇"，天才白白浪费了。上面讲的可能有张冠李戴的可能，如果有的话，请大家原谅。总之，我认为，"机遇"（在一般人嘴里可能叫作"命运"）是无法否认的。一个人一辈子做事、读书，不管是干什么，其中都有"机遇"的成分。我自己就是一个活生生的例子。如果"机遇"不垂青，我至今还恐怕是一个识字不多的贫农，也许早已离开了世界。我不是"王半仙"或"张铁嘴"，我不会算卦、相面，我不想来解释这一个"机遇"问题，那是超出我的能力的事。

坏人

积将近九十年的经验，我深知世界上确实是有坏人的。乍看上去，这个看法的智商只能达到小学一年级的水平。这就等于说“每个人都必须吃饭”那样既真实又平庸。

可是事实上我顿悟到这个真理，是经过了长时间的观察与思考的。

我从来就不是性善说的信徒，毋宁说我是倾向性恶说的。古书上说“天命之谓性”，“性”就是我们现在常说的“本能”，而一切生物的本能是力求生存和发展，这难免引起生物之间的矛盾，性善又何从谈起呢？

那么，什么又叫作“坏人”呢？记得鲁迅曾说过，干损人利己的事还可以理解，损人又不利己的事千万干不得。我现在利用鲁迅的话来给坏人做一个界定：干损人利己的事是坏人，而干损人又不利己的事，则是坏人之尤者。

空口无凭，不妨略举两例。一个人搬到新房子里，照例大肆装修，而装修的方式又极野蛮，结果把水管凿破，水往外流。住在楼下的人当然首蒙其害，水滴不止，连半壁墙都浸透了。然而此人却不闻不问，本单位派人来修，又拒绝入门。倘若墙壁倒塌，楼下的人当然会受害，他自己焉能安全！这是典型的损人又不利己的例子。又有一位“学者”，对某一种语言连字母都不认识，却偏冒充专家，不但在国内蒙混过关，在国外也招摇撞骗。有识之士皆嗤之以鼻。这又是一个典型的损人而不利己的例子。

根据我的观察，坏人，同一切有毒的动植物一样，是并不知道自己是坏人的，是毒物的。鲁迅翻译的《小约翰》里讲到一个有毒的蘑菇听人说它有毒，它说：这是人话。毒蘑菇和一切苍蝇、蚊子、臭虫，等等，都不认为自己有毒。说它们有毒，它们大概也会认为：这是人话。可是被群众公推为坏人的人，他们难道能说：说他们是坏人的都是人话吗？如果这是“人话”的话，那么他们自己又是什么呢？

根据我的观察，我还发现，坏人是不会改好的。这有点像形而上学了。但是，我却没有办法。天下哪里会有不变的事物呢？哪里会有不变的人呢？我观察的几个“坏人”偏偏不变。几十年前是这样，今天还是这样。我想给他们辩护都找不出词儿来。有时候，我简直怀疑，天地间是否有一种叫作“坏人基因”的东西？可惜没有一个生物学家或生理学家提出过这种理论。我自己既非生物学家，又非生理学家，只能凭空臆断。我但愿有一个坏人改变一下，改恶从善，堵住了我的嘴。

爱情

一

人们常说，爱情是文艺创作的永恒的主题。不同意这个意见的人，恐怕是不多的。爱情同时也是人生不可缺少的东西，即使后来出家当了和尚，与爱情完全“拜拜”；在这之前也曾蹚过爱河，受过爱情的洗礼，有名的例子不必向古代去搜求，近代的苏曼殊和弘一法师就摆在眼前。

可是为什么我写“人生漫谈”已经写了三十多篇还没有碰爱情这个题目呢？难道爱情在人生中不重要吗？非也。只因它太重要，太普遍，却又太神秘，太玄乎，我因而不敢去碰它。

中国俗话说：“丑媳妇迟早要见公婆的。”我迟早也必须写关于爱情的漫谈的。现在，适逢有一个机会，我正读法国大散文家蒙田的随笔《论友谊》这一篇，里面谈到了爱情。我干脆抄上几段，加以引申发挥，借他人的杯，装自己的酒，以了此一段公案。以后倘有更高更深刻的领悟，还会再写的。

蒙田说：我们不可能将爱情放在友谊的位置上。“我承认，爱情之火更活跃，更激烈，更灼热……但爱情是一种朝三暮四、变化无常的感情，它狂热冲动，时高时低，忽冷忽热，把我们系于一发之上。而友谊是一种普遍和通用的热情……再者，爱情不过是一种疯狂的欲望，越是躲避的东西越要追求……爱情一旦进入友谊阶段，也就是说，进入意愿相投的阶段，它就会衰弱和消逝。爱情是以身体的快感为目的，一旦享有了，就不复存在。”

总之，在蒙田眼中，爱情比不上友谊，不是什么好东西。我个人觉得，蒙田的话虽然说得太激烈，太偏颇，太极端；然而我们却不能不承认，它有合理的实事求是的一方面。

根据我个人的观察与思考，我觉得，世人对爱情的态度可以笼统分为两大流派：一派是现实主义，一派是理想主义。蒙田显然属于现实主义，他没有把爱情神秘化，理想化。如果他是一个诗人的话，他也决不会像一大群理想主义的诗人那样，写出些卿卿我我，鸳鸯蝴蝶，有时候甚至拿肉麻当有趣的诗篇，令普天下的才子佳人们击节赞赏。他干净利落地直言不讳，把爱情说成是“朝三暮四，变化无常的感情”。对某一些高人雅士来说，这实在有点大煞风景，仿佛在佛头上着粪一样。

我不才，窃自附于现实主义一派。我与蒙田也有不同之处：我认为，在爱情的某一个阶段上，可能有纯真之处，否则就无法解释日本青年恋人在相爱达到最高潮时有的就双双跳入火山口中，让他们的爱情永垂不朽。

二

像这样的情况，在日本恐怕也是极少极少的。在别的国家，则未闻之也。

当然，在别的国家也并不缺少歌颂纯真爱情的诗篇、戏剧、小说以及民间传说。莎士比亚的《罗密欧与朱丽叶》，中国的梁山伯与祝英台是世所周知的。谁能怀疑这种爱情的纯真呢？专就中国来说，民间类似梁祝爱情的传说，还能够举出不少来。至于“誓死不嫁”和“誓死不娶”的真实的故事，则所在多有。这样一来，爱情似乎真同蒙田的说法完全相违，纯真圣洁得不得了啦。

我在这里想分析一个有名的爱情的案例，这就是杨贵妃和唐玄宗的爱情故事，这是一个古今艳称的故事。唐代大诗人白居易的《长恨歌》歌颂的就是这一件事。你看，唐玄宗失掉了杨贵妃以后，他是多么想念，多么情深：“夕殿萤飞思悄然，孤灯挑尽未成眠。”这一首歌最后两句诗是：“天长地久有时尽，此恨绵绵无绝期。”写得多么动人心魄，多么令人同情，好像他们两人之间的爱情真正纯真到了无以复加的程度。但是，常识告诉我们，爱情是有排他性的，真正的爱情不容有一个第三者。可是唐玄宗怎样呢？“后宫佳丽三千人”，小老婆真够多的。即使是“三千宠爱在一身”，这“在一身”能可靠吗？白居易以唐代臣子，竟敢乱谈天子宫闱中事，这在明清是绝对办不到的。这先不去说它，白居易真正头脑简单到相信这爱情是纯真的才加以歌颂吗？抑或另有别的原因？这些封建的爱情“俱往矣”，今天我们怎样对待爱情呢？我明人不说暗话，我是颇有点同意蒙田的意见的。中国古人说：“食、色，性也。”爱情，特别是结婚，总是同“色”相联系的。家喻户晓的《西厢记》歌颂张生和莺莺的爱情，高潮竟是一幕“酬简”，也就是“以身相许”。个中消息，很值得我们参悟。

我们今天的青年怎样对待爱情呢？这我有点不大清楚，也没有什么青年人来同我这望九之年的老古董谈这类事情。据我所见所闻，那一套封建的东西早为今天的青年所扬弃。如果真有人想向我这爱情的盲人问道的话，我也可以把我的看法告诉他们的。如果一个人不想终生独身的话，他必须谈恋爱以至结婚，这是“人间正道”。但是千万别浪费过多的时间，终日卿卿我我，闹得神魂颠倒，处心积虑，不时闹点小别扭，学习不好，工作难成，最终还可能是“竹篮子打水一场空”。这真是何苦来！我并不提倡二人“一见倾心”，立即办理结婚手续。我觉得，两个人必须有一个互相了解的过程。这过程不必过长，短则半年，多则一年。余出来的时间应当用到刀刃上，搞点事业，为了个人，为了家庭，为了国家，为了世界。

三

已经写了两篇关于爱情的短文，但觉得仍然是言犹未尽，现在再补写一篇。像爱情这样平凡而又神秘的东西，这样一种社会现象或心理活动，即使再将篇幅扩大十倍，二十倍，一百倍，也是写不完的。补写此篇，不过聊补前两篇的一点疏漏而已。

在旧社会实行“父母之命，媒妁之言”的办法，男女青年不必伤任何脑筋，就入了洞房。我们可以说，结婚是爱情的开始。但是，不要忘记，也有“绿叶成荫子满枝”而终不知爱情为何物的例子，而且数目还不算太少。到了现代，实行自由恋爱了，有的时候竟成了结婚是爱情的结束。西方和当前的中国，离婚率颇为可观，就是一个具体的例证。据说，有的天主教国家教会禁止离婚。但是，不离婚并不等于爱情能继续，只不过是外表上合而不离，实际上则各寻所欢而已。

爱情既然这样神秘，相爱和结婚的机遇——用一个哲学的术语就是偶然性——又极其奇怪，极其突然，绝非我们个人所能掌握的。在困惑之余，东西方的哲人俊士束手无策，还是老百姓有办法，他们乞灵于神话。

一讲到神话，据我个人的思考，就有中外之分。西方人创造了一个爱神，叫作Cupid，是一个手持弓箭的童子，他的箭射中了谁，谁就坠入爱河。印度古代文化毕竟与欧洲古希腊、罗马有缘，他们也创造了一个叫作Kāmaolliva的爱神，也是手持弓箭，被射中者立即相爱，绝不敢有违。这些神话当然是同一来源，此不见论。

在中国，我们没有“爱神”的信仰，我们另有办法。我们创造了一个月老，他手中拿着一条红线，谁被红线拴住，不管是相距多么远，天涯海角，恍若比邻，二人必然走到一起，相爱结婚。从前西湖有一座月老祠，有一副对联是天下闻名的：“愿天下有情人都成了眷属，是前生注定事莫错过姻缘。”多么质朴，多么有人情味！只有对某些人来说，“前生”和“姻缘”显得有点渺茫和神秘。可是，如果每一对夫妇都回想一下你们当初相爱和结婚的过程的话，你能否定月老祠的这一副对联吗？

我自己对这副对联是无法否认的，但又找不到“科学根据”。我倒是想忠告今天的年轻人，不妨相信一下。我对现在西方和中国青年人的相爱和结婚的方式，无权说二道四，只是觉得不大能接受。我自知年已望九，早已属于博物馆中的人物，我力避发九斤老太之牢骚；但有时又如骨鲠在喉不得不一吐为快耳。

毁誉

好誉而恶毁，人之常情，无可非议。

古代豁达之人倡导把毁誉置之度外。我则另持异说，我主张把毁誉置之度内。置之度外，可能表示一个人心胸开阔，但是，我有点担心，这有可能表示一个人的糊涂或颟顸。

我主张对毁誉要加以细致的分析。首先要分清：谁毁你？谁誉你？在什么时候？在什么地方？出于什么原因？这些情况弄不清楚，只谈毁誉，至少是有点模糊。

我记得在什么笔记上读到过一个故事。一个人最心爱的人，只有一只眼。于是他就觉得天下人（一只眼者除外）都多长了一只眼。这样的毁誉能靠得住吗？

还有我们常常讲什么“党同伐异”，又讲什么“臭味相投”，等等。这样的毁誉能相信吗？

孔门贤人子路“闻过则喜”，古今传为美谈。我根本做不到，而且也不想做到，因为我要分析：是谁说的？在什么时候，在什么地点，因为什么而说的？分析完了以后，再定“则喜”，或是“则怒”。喜，我不会过头；怒，我也不会火冒十丈，怒发冲冠。孔子说：“野哉，由也！”大概子路是一个粗线条的人物，心里没有像我上面说的那些弯弯绕。

我自己有一个颇为不寻常的经验。我根本不知道世界上有某一位学者，过去对于他的存在，我一点都不知道，然而，他却同我结了怨。因为，我现在所占有的位置，他认为本来是应该属于他的，是我这个“鸠”把他这个“鹊”的“巢”给占据了。因此，勃然对我心怀不满。我被蒙在鼓里，很久很久，最后才有人透了点风给我。我不知道，天下竟有这种事，只能一笑置之。不这样又能怎样呢？我想向他道歉，挖空心思，也找不出丝毫理由。

大千世界，芸芸众生，由于各人禀赋不同，遗传基因不同，生活环境不同，所以各人的人生观、世界观、价值观、好恶观，等等，都不会一样，都会有点差别。比如吃饭，有人爱吃辣，有人爱吃咸，有人爱吃酸，如此等等。又比如穿衣，有人爱红，有人爱绿，有人爱黑，如此等等。在这种情况下，最好是各人自是其是，而不必非人之非。俗语说：“各人自扫门前雪，不管他人瓦上霜。”这话本来有点贬义，我们可以正用。每个人都会有友，也会有“非友”，我不用“敌”这个词儿，避免误会。友，难免有誉；非友，难免有毁。碰到这种情况，最好抱上面所说的分析的态度，切不要笼而统之，一锅糊涂粥。

好多年来，我曾有过一个“良好”的愿望：我对每个人都好，也希望每个人对我很好。只望有誉，不能有毁。最近我恍然大悟，那是根本不可能的。如果真有一个人，人人都说他好，这个人很可能是一个极端圆滑的人，圆滑到琉璃球都能长只脚的程度。

陆……

人生，心安即是归处

峰回路转，柳暗花明，他都碰到过。

顺利与挫折，他都经受过。

最后，他终于找到了自己的最好归宿。

大放光明

幼年时候，我喜欢读唐代诗人刘梦得的诗《赠眼医婆罗门僧》：

三秋伤望远，终日泣途穷。
两目今先暗，中年似老翁。
看朱渐成碧，羞日不禁风。
师有金篦术，如何为发蒙？

觉得颇为有趣。一个印度游方郎中眼医，不远万里，跋山涉水，来到中国行医，如果把他的经历写下来，其价值恐怕不会低于《马可·波罗游记》。只可惜，我当年目光如炬，“欲穷千里目”，易如反掌；对刘梦得的处境和心情，一点都不理解，以为这不过是中印文化交流史上一件不大不小的事迹而已。不有同病，焉能相怜！

在十几年前，我已步入真正的老境，身心两个方面，都感到有点力不从心了。眼睛首先出了问题，看东西逐渐模糊了起来。“看朱渐成碧”的经历我还没有过；但是，红绿都看不清楚，则是经常的事。经过了“十年浩劫”的炼狱，穷途之感是没有了；但是以眼泪洗面则时常会出现。求医检查，定为白内障。白内障就白内障吧，这是科学，不容怀疑。我是一个随遇而安的乐天派，觉得人生有点白内障也是难免的。有了病，就得治，那种同疾病做斗争的说法或做法，为我所不解。谈到治，我不禁浮想联翩，想到了唐代的刘梦得和那位眼医婆罗门僧。我不知道金篦术是什么样的方法。估计在一千多年前是十分先进的手术，而今则渺矣茫矣，莫名其妙了。在当时，恐怕金篦术还真有效用，否则刘梦得也绝不会赋诗赞扬。常言道：到什么时候说什么话，今天只能乞灵于最新的科学技术了。说到治白内障，在今天的北京，最有权威的医院是同仁。在同仁，最有权威的大夫是有“北京第一刀”之誉的施玉英大夫。于是我求到了施大夫门下，蒙她亲自主刀，仅用二十分钟就完成了手术。但只做了右眼的手术，左眼留待以后，据说这是正常的做法。不管怎样，我能看清东西了。虽然两只眼睛视力相差悬殊，右眼是0.6，左眼是0.1，一明一暗，两只眼睛经常闹点小矛盾。但是我毕竟能写字看书了，着实快活了几年。

但是，天有不测风云，人有旦夕祸福。近些日子，明亮的右眼突然罢了工，眼球后面长出了一层厚膜，把视力挡住，以致伸手不见五指。中石（欧阳）的右眼也有点小毛病，常自嘲“无出其右者”，我现在也有了深切类似的感受。但是祸不单行，左眼的视力也逐渐下降，现在已经达不到0.1了。两只眼通力协作，把我制造成了一个半盲人。严重的程度，远远超过了刘梦得，我本来已是老翁，现在更成了超级老翁了。

有颇长的一段时间，我在昏天黑地中过日子。我本来还算是一个谦恭的人，现在却变成了“目中无人”，因为，即使是熟人，一米之内才能分辨出庐山真面目。我又变成了“不知天高地厚”，上不见蓝天，下不见脚下的土地，走路需要有人搀扶，一脚高，一脚低，踉跄前进。两个月前，正是阳春三月，燕园中一派大好风光。嫩柳鹅黄，荷塘青碧；但是，这一切我都无法享受。小蔡搀扶着我，走向湖边，四顾茫然。柳条勉强能够看到，只像是一条条的黑线。数亩方塘，只能看到潋滟的水光中一点波光。我最喜爱的二月兰就在脚下，但我却视而不见。我问小蔡，柳条发绿了没有？她说，不但发绿了，而且柳絮满天飞舞了；我却只能感觉，一团柳絮也没有看到。我手植的玉兰花，今年是大年，开了二百多朵白花，我抬头想去欣赏，也只能看到朦朦胧胧的几团白色。我手植的季荷是我最关心的东西，我每天都追问小蔡，新荷露了尖尖角没有？但是，荷花性子慢，迟迟不肯露面。我就这样过了一个春天。

有病必须求医，这是常识，而求医的首选当然依然是同仁医院，是施玉英大夫。可惜施大夫因事离京，我等候了相当长的一段时间，心中耐不住，奔走了几个著名的大医院。为我检查眼睛的几个著名的眼科专家，看到我动过手术的右眼，无不同声赞赏施玉英大夫手术之精妙。但当我请他们给我治疗时，又无不同声劝我，还是等施大夫。这样我只好耐着性子等候了。

施大夫终于回来了。我立马赶到同仁医院，见到了施大夫。经过检查，她说："右眼打激光，左眼动手术！"斩钉截铁，没有丝毫游移，真正是"指挥若定识萧曹"的大将风度。我一下子仿佛吃了定心丸。

但这并不真能定心，只不过是知道了结论而已。对于这两个手术我是忐忑不安的。因为我患心律不齐症已有四十余年，虽然始终没有发作过；但是，正如我一进宫（第一次进同仁的戏称）时施玉英大夫所说的那样，四十年不发作，不等于永远不发作。不怕一万，就怕万一，万一在手术台上心房一颤动，则在半秒钟内，一只眼就会失明，万万不能掉以轻心。现在是二进宫了，想到施大夫这几句话，我能不不寒而栗吗？何况打激光手术。我完全不知道是怎么一回事，恍兮惚兮，玄妙莫测。一想到这一项新鲜事物，我心里能不打鼓吗？

总之，我认为，这两项手术都是风云莫测的，都包含着或大或小的危险性，我应当做好充分的思想准备，事实上，我也确实做了细致和坚定的思想准备。

谈到思想准备，无非是上、中、下三种。上者争取两项手术都完全成功。对此，基于我在上面讲到的危险情况，我确实一点把握都没有。中者指的是一项手术成功，一项失败。这个情况我认为可能性最大。不管是保住左眼，还是保住右眼，只要我还能看到东西，我就满意了。下者则是两项手术全都失败。这情况虽可怕，然而可能性确实是存在的。为了未雨绸缪，我甚至试做赛前的热身操。我故意长时间地闭上双目，只用手来摸索。桌子上和窗台上的小摆设，对我毫无用处了我置之不摸。书本和钢笔、铅笔，也不能再为我服务了，我也不去摸它们。我只摸还有点用的刀子和叉子，手指尖一阵冰凉，心里感到颇为舒服。我又痴想联翩，想到国外一些失明的名人，比如鲁迅的朋友俄国盲诗人爱罗先珂。我又想到自己几位失明的师辈。冯友兰先生晚年目盲，却写出崭新的《中国哲学史新编》，思想解放、挥洒自如，成为一生绝唱。年已一百零五岁的陈翰笙先生，在庆祝他百年诞辰时，虽已目盲多年，却仍然要求工作。陈寅恪先生忧患一生，晚年失明，却写出了长达八十万字的《柳如是别传》，为士林所称绝。类似的例子，还可以举出一些来。但是，我觉得，这几个例子已经够了，已经足以警顽立懦，振聋发聩了。

以上都只是幻想。幻想终归是幻想，我还是回到现实中来吧。现实就是我要二进宫，再回到同仁医院。当年一进宫的时候，我坐车中，心神不定，不知是出于什么原因，无端背诵起来了苏东坡的“明月几时有？把酒问青天”这一首词，往复背诵了不知道多少遍，一直到走下汽车，躺在手术台上，我又无端背诵起来了苏词“缥缈红妆照浅溪”一首，原因至今不明。

我这一出一进宫，只是为了做一个手术，却唱了十七天。这一出二进宫，是想做两个手术，难道真让我唱上三十四天吗？可是我真正万万没有想到，我进宫的第二天早晨，施大夫就让人通知我，下午一点做白内障手术，后来又提前到十二点。这一次我根本没有诗兴，根本没有想到东坡词。一躺上手术台，施大夫同我聊了几句闲天：“季老！你已经迫近九十高龄，牙齿却还这样好。”我答曰：“前面排牙是装饰门面的，后面的都已支离破碎了。”于是手术开始，不到二十分钟便胜利结束，让我愉快地吃了一惊。

过了几天，我又经历了一次愉快的吃惊。刚吃完午饭，正想躺下午休，推门进来了一位大夫，不是别人，正是施玉英大夫本人，后面跟着一位柴大夫，这完全出乎我意料。除了查房外，施大夫是不进病房的。她通知我，待一会儿下午一点半做打激光手术。我惊诧莫名，但心里立即紧张起来。我听一个过来人说过，打激光要扎麻药，打完后，第一夜时有剧痛，须服止痛药，才能勉强熬住，过一两天，还要回医院检查。手续麻烦得很哩。但是，箭在弦上，不能不发，我硬着头皮，准时到了手术室，两位大夫都在。施大夫让我坐在一架医院到处都有的检查眼睛的机器旁，我熟练地把下巴颏儿压在一个盘状的东西上，心里想，这不过是手术前照例的检查，下一道手续应该是扎麻药针了。柴大夫先坐在机器的对面，告诉我，右眼珠不要动，要向前看。只听得啪啪几声响。施大夫又坐在那个位子上，又只是啪啪几声，前后不到几秒钟，两个大夫说：“手术完了！”我吃惊得目瞪口呆：“怎么完了？”我以为大头还在后面哩。我站了起来，睁眼环顾四周，眼前大放光明了。几秒钟之隔，竟换了一个天地，我首先看到了施大夫。我同这一位为我发矇的大恩人，做白内障手术已达两万多例的，名满天下的女大夫，打交道已有数年之久；但是，她的形象在我眼中只是一个影子。今天她活灵活现地站在我眼前，满面含笑。我又是一惊：“她怎么竟是这样年轻啊！”我目光所及，无不熠熠闪光。几秒钟前，不见舆薪，而今却能明察秋毫。回到病房，看到陆燕大夫，几天来，她的庐山真面目，似乎总是隐而不彰，现在看到她是一个二十岁刚出头的年轻少女，当年杜甫闻官军收复河南河北而“漫卷诗书喜欲狂”。我眼前虽没有诗书可卷，而“喜欲狂”则是完全相同的。

回到燕园，时隔只有九天，却仿佛真正换了人间。临走时，一切都是模模糊糊的，回来时却一切都清清楚楚，都在光天化日之下了。天空更蓝，云彩更白；山更青，水更碧；小草更绿，月季更红；水塔更显得凌空巍然，小岛更显得蓊郁葳蕤。所有这一切，以前都似乎没有看得这样清清白白，今天一见，俨然如故友重逢了。

楼前的一半种了季荷的大池塘，多少年来，特别是近半年以来，在我眼中，只是扑朔迷离，模糊一团，现在却明明白白，清清晰晰地奔来眼底。塘边垂柳，枝条万千，倒影塘中，形象朗然。小鱼在树影中穿梭浮游，有时似爬上枝条，有时竟如穿透树干。水面上的黑色长腿的小虫，一跳一跳地往来游戏。荷塘中莲叶已田田出水，嫩绿满目，水中游鱼大概正在“游戏莲叶间”吧。可惜这情景不但现在看不到，连以前也是难以看到的。

走进家中，我多日想念的小猫们列队欢迎。它们真也像想念我多日了。现在挤在一起，在我脚下，钻来钻去。有的用嘴咬我的裤腿角，有的用毛茸茸的身子在我腿上蹭来蹭去，有的竟跳上桌子，用软软的小爪子拍我的脸。一时白光闪闪，满室生春，我顾而乐不可支。我养的小猫都是从我家乡山东临清带来的纯种波斯猫，纯白色，其中有一些是两只眼睛颜色不同的，一黄一碧，俗称金银眼或鸳鸯眼。这是波斯猫的特征之一。但是，在我长期半盲期间，除非把小猫脑袋抱在逼近我眼前，我是看不出来的。平常只觉得猫眼浑然一体而已。现在，自己的眼睛大放光明了，小猫在我眼中形象也随之大变，它们瞪大了圆圆的眼睛瞅着我，黄碧荧然，如同初见，我真正惊喜莫名了。

总之，花花世界，万紫千红，大放光明，尽收眼中。我真想手之舞之，足之蹈之了。

我真觉得，大千世界是美妙的。

我真觉得，人间是秀丽的。

我真觉得，生活是可爱的。

所有这一切都是二进宫的产物。我现在唯有祈祷上苍，千万不要让我三进宫。

养生无术是有术

黄伟经兄来信，为《羊城晚报·健与美副刊》向我索稿。他要我办的事，我一向是敬谨遵命的，这一次也不能例外。但是，健美双谈，我确有困难。我老态龙钟，与美无缘久矣，美是无从谈起了。至于健嘛，却是能谈一点的。

我年届耄耋，慢性病颇有一些。但是，我认为，这完全符合规律，从不介意。现在身躯顽健，十里八里，抬腿就到。每天仍工作七八个小时，论文每天也能写上几千字，毫不含糊。别人以此为怪，我却颇有点沾沾自喜。小友栗德金在*China Daily*上写文章，说我有点忘记了自己的年龄。他说到了点子上。我虽忘记了年龄，但却没有忘乎所以，胡作非为。我还是有点自知之明的。

在这样的情况下，很多人总要问我有什么养生之术，有什么秘诀。我的回答是：没有秘诀，也从来不追求什么秘诀。我有一个“三不主义”，这就是不锻炼，不挑食，不嘀咕。这需要解释一下。所谓“不锻炼”，绝不是一概反对体育锻炼。我只是反对那些“锻炼主义者”。对他们来说，天地，一锻炼也；人生，一锻炼也。我觉得，人生的意义与价值就在于工作。工作必须有健康的体魄，但更重要的是，必须有时间。如果大部分时间都用于体育锻炼，这有什么意义呢？至于“不挑食”，那容易了解。不管哪一国的食品，只要合我的口味，我张嘴便吃。什么胆固醇，什么高脂肪，统统见鬼去吧。那些吃东西左挑右拣，战战兢兢，吃鸡蛋不吃黄，吃肉不吃内脏的人，结果胆固醇反而越来越高。我的胆固醇从来没有高过，人皆以为怪，其实有什么可怪呢？至于“不嘀咕”，上面讲的那些话里面实际上已经涉及了。我从来不为自己的健康而愁眉苦脸。有的人无病装病，有的人无病幻想自己有病。我看了感到十分别扭，感到腻味。

我是陶渊明的信徒。他的四句诗：

纵浪大化中，
不喜亦不惧。
应尽便须尽，
无复独多虑。

这就是我的座右铭。

我这一篇短文的题目是：养生无术是有术。初看时恐怕有点难解。现在短文结束了，再回头看这个题目，不是一清二楚了吗？至少我希望是这样。

对未来的悬思

我于2002年8月15日入院，当年9月30日出院回家，带着捡回来的一条命，也可以说是三〇一送给我的一条命。这四十五天并不长，却在我生命历程上画上了一个深深的痕迹。

回家来了，怎么办？

记得去年一位泰国哲学家预言我今年将有一场大灾。对这种预言我从来不相信，现在也不相信。但是不能不承认，他说准了。我在上面已经提到过："大难不死，必有后福。"我还能有什么后福呢？

那些什么"相期以茶"，什么活一百二十岁的话，是说着玩玩儿的，像唱歌或作诗，不能当真的。真实的情况是，我已经九十多岁，是古今中外文人中极少见的了，我应该满意了。通过这一场大病，我认识到，过去那种忘乎所以的态度是要不得的，是极其危险的。老了就得服老，老老实实地服老，才是正道。我现在能做到这一步了。

或许有人要问："你读万卷书，行万里路，生平极多坎坷，你对人生悟出了什么真谛吗？”答曰：悟出了一些，就是我上面说的那一些，真谛就寓于日常生活中，不劳远求。那一套“菩提本无树，明镜亦非台；本来无一物，何处染尘埃？”我是绝对悟不出来的。

现在我身躯上的零件，都已经用了九十多年，老化是必然的。可惜不能像机器一样，拆开来涂上点儿油。不过，尽管老化，看来还能对付一些日子。而且，不管别的零件怎样，我的脑袋还是难得糊涂的。我就利用这一点优势，努力工作下去，再多写出几篇《新日知录》，多写出一些抒情的短文，歌颂祖国，歌颂人民，歌颂生命，歌颂自然，歌颂一切应该歌颂的美好的东西，鞠躬尽瘁，死而后已。

写到这里，最重要的问题我还没有说。老子是讲辩证法的哲学家，他那有名的关于祸福的话，两千年来，尽人皆知：“福兮祸所伏，祸兮福所倚。”我这一次重得新生，当然是福。但是，这个重得并非绝对的病，也还没有完全康复。医生让我继续服药，至少半年，随时仔细观察。倘若再有湿疹模样的东西出现，那就殆矣。这无疑在我头顶上，用一根头发悬上了一把达摩克利斯之剑，随时都有刺下来的可能。其实，每一个人从出生的那一刹那开始，就有这样的利剑悬在头上，有道是“黄泉路上无老少”嘛，只是人们不去感觉而已。我被告知，也算是幸运，让我随时警惕，不敢忘乎所以。这不是极大的幸福吗？

我仍然是在病中。

人生的意义和价值

当我还是一个青年大学生的时候，报刊上曾刮起一阵讨论人生的意义与价值的微风，文章写了一些，议论也发表了一通。我看过一些文章，但自己并没有参加进去。原因是，有的文章不知所云，我看不懂。更重要的是，我认为这种讨论本身就无意义，无价值，不如实实在在地干几件事好。

时光流逝，一转眼，自己已经到了望九之年，活得远远超过了我的预算。有人认为长寿是福，我看也不尽然。人活得太久了，对人生的种种相、众生的种种相，看得透透彻彻，反而鼓舞时少，叹息时多。远不如早一点离开人世这个是非之地，落一个耳根清净。

那么，长寿就一点好处都没有吗？也不是的。这对了解人生的意义与价值，会有一些好处的。

根据我个人的观察，对世界上绝大多数人来说，人生一无意义，二无价值。他们也从来不考虑这样的哲学问题。走运时，手里攥满了钞票，白天两顿美食城，晚上一趟卡拉OK，玩一点小权术，耍一点小聪明，甚至恣睢骄横，飞扬跋扈，昏昏沉沉，浑浑噩噩，等到钻入了骨灰盒，也不明白自己为什么活过一生。

其中不走运的则穷困潦倒，终日为衣食奔波，愁眉苦脸，长吁短叹。即使日子还能过得去的，不愁衣食，能够温饱，然而也终日忙忙碌碌，被困于名缰，被缚于利索。同样是昏昏沉沉，浑浑噩噩，不知道为什么活过一生。

对这样的芸芸众生，人生的意义与价值从何处谈起呢？

我自己也属于芸芸众生之列，也难免浑浑噩噩，并不比任何人高一丝一毫。如果想勉强找一点区别的话，那也是有的：我，当然还有一些别的人，对人生有一些想法，动过一点脑筋，而且自认这些想法是有点道理的。

我有些什么想法呢？话要说得远一点。当今世界上战火纷飞，人欲横流，“黄钟毁弃，瓦釜雷鸣”，是一个十分不安定的时代。但是，对于人类的前途，我始终是一个乐观主义者。我相信，不管还要经过多少艰难曲折，不管还要经历多少时间，人类总会越变越好的，人类大同之域绝不会仅仅是一个空洞的理想。但是，想要达到这个目的，必须经过无数代人的共同努力。犹如接力赛，每一代人都有自己的一段路程要跑。又如一条链子，是由许多环组成的，每一环从本身来看，只不过是微不足道的一点东西；但是没有这一点东西，链子就组不成。在人类社会发展的长河中，我们每一代人都有自己的任务，而且是绝非可有可无的。如果说人生有意义与价值的话，其意义与价值就在这里。

但是，这个道理在人类社会中只有少数有识之士才能理解。鲁迅先生所称之“中国的脊梁”，指的就是这种人。对于那些肚子里吃满了肯德基、麦当劳、比萨饼，到头来终不过是浑浑噩噩的人来说，有如夏虫不足以与语冰，这些道理是没法谈的。他们无法理解自己对人类发展所应当承担的责任。

话说到这里，我想把上面说的意思简短扼要地归纳一下：如果人生真有意义与价值的话，其意义与价值就在于对人类发展的承上启下，承前启后的责任感。

八十述怀

我从来没有想到，我能活到八十岁；如今竟然活到了八十岁，然而又一点也没有八十岁的感觉。岂非咄咄怪事！

我向无大志，包括自己活的年龄在内。我的父母都没有能活过五十，因此，我自己的原定计划是活到五十。这样已经超过了父母，很不错了。不知怎么一来，宛如一场春梦，我活到了五十岁。那时正值所谓三年自然灾害。我流年不利，颇挨了一阵子饿。但是，我是“曾经沧海难为水”，在第二次世界大战时，我正在德国，我经受了而今难以想象的饥饿的考验，以致失去了饱的感觉。我们那一点灾害，同德国比起来，真如小巫见大巫；我从而顺利地度过了那一场灾难，而且我当时的精神面貌是我一生最好的时期，一点苦也没有感觉到，于不知不觉中冲破了我原定的年龄计划，度过了五十岁大关。

五十一过，又仿佛一场春梦似的，一下子就到了古稀之年，不容我反思，不容我踟蹰。其间跨越了一个“十年浩劫”。我当然是在劫难逃，被送进牛棚。我现在不知道应当感谢哪一路神灵：佛祖、上帝、安拉；由于一个万分偶然的机缘，我没有走上绝路，活下来了。活下来了，我不但没有感到特别高兴，反而时有悔愧之感在咬我的心。活下来了，也许还是有点好处的。我一生写作翻译的高潮，恰恰出现在这期间。原因并不神秘：我获得了余裕和时间。在浩劫期间，我被打得一佛出世，二佛升天。后来不打不骂了，我却变成了“不可接触者”。在很长时间内，我被分配淘大粪，看门房，守电话，发信件。没有以前的会议，没有以前的发言。没有人敢来找我，很少人有勇气同我谈上几句话。一两年内，没收到一封信。我服从任何人的调遣与指挥，只敢规规矩矩，不敢乱说乱动。然而我的脑筋还在，我的思想还在，我的感情还在，我的理智还在。我不甘心成为行尸走肉，我必须干点事情。二百多万字的印度大史诗《罗摩衍那》，就是在这时候译完的。“雪夜闭门写禁文”，自谓此乐不减羲皇上人。

又仿佛是一场缥缈的春梦，一下子就活到了今天，行年八十矣，是古人称之为耄耋之年了。倒退二三十年，我这个在寿命上胸无大志的人，偶尔也想到耄耋之年的情况：手拄拐杖，白须飘胸，步履维艰，老态龙钟。自谓这种事情与自己无关，所以想得不深也不多。哪里知道，自己今天就到了这个年龄了。今天是新年元旦。从夜里零时起，自己已是不折不扣的八十老翁了。然而这老景却真如古人诗中所说的“青霭入看无”，我看不到什么老景。看一看自己的身体，平平常常，同过去一样。看一看周围的环境，平平常常，同过去一样。金色的朝阳从窗子里流了进来，平平常常，同过去一样。楼前的白杨，确实粗了一点，但看上去也是平平常常，同过去一样。时令正是冬天，叶子落尽了；但是我相信，它们正蜷缩在土里，做着春天的梦。水塘里的荷花只剩下残叶，“留得残荷听雨声”，现在雨没有了，上面只有白皑皑的残雪。我相信，荷花们也蜷缩在淤泥中，做着春天的梦。总之，我还是我，依然故我；周围的一切也依然是过去的一切……

我是不是也在做着春天的梦呢？我想，是的。我现在也处在严寒中，我也梦着春天的到来。我相信英国诗人雪莱的两句话：“既然冬天已经到了，春天还会远吗？”我梦着楼前的白杨重新长出了浓密的绿叶；我梦着池塘里的荷花重新冒出了淡绿的大叶子；我梦着春天又回到了大地上。

可是我万万没想到，“八十”这个数目字竟有这样大的威力，一种神秘的威力。“自己已经八十岁了！”我吃惊地暗自思忖。它逼迫着我向前看一看，又回头看一看。向前看，灰蒙蒙一团，路不清楚，但也不是很长。确实没有什么好看的地方。不看也罢。

而回头看呢，则在灰蒙蒙的一团中，清晰地看到了一条路，路极长，是我一步一步地走过来的，这条路的顶端是在清平县的官庄。我看到了一片灰黄的土房，中间闪着苇塘里的水光，还有我大奶奶和母亲的面影。这条路延伸出去，我看到了泉城的大明湖。这条路又延伸出去，我看到了水木清华，接着又看到德国小城哥廷根斑斓的秋色，上面飘动着我那母亲似的女房东和祖父似的老教授的面影。路陡然又从万里之外折回到神州大地，我看到了红楼，看到了燕园的湖光塔影。令人泄气而且大煞风景的是，我竟又看到了牛棚的牢头禁子那一副牛头马面似的狞恶的面孔。再看下去，路就缩住了，一直缩到我的脚下。

在这一条十分漫长的路上，我走过阳关大道，也走过独木小桥。路旁有深山大泽，也有平坡宜人；有杏花春雨，也有塞北秋风；有山重水复，也有柳暗花明；有迷途知返，也有绝处逢生。路太长了，时间太长了，影子太多了，回忆太重了。我真正感觉到，我负担不了，也忍受不了，我想摆脱掉这一切，还我一个自由自在身。

回头看既然这样沉重，能不能向前看呢？我上面已经说到，向前看，路不是很长，没有什么好看的地方。我现在正像鲁迅的散文诗《过客》中的那一个过客。他不知道是从什么地方走来的，终于走到了老翁和小女孩的土屋前面，讨了点水喝。老翁看他已经疲惫不堪，劝他休息一下。他说："从我还能记得的时候起，我就在这么走，要走到一个地方去，这地方就在面前。我单记得走了许多路，现在来到这里了。我接着就要走向那边去……况且还有声音在前面催促我，叫唤我，使我息不下。"那边，西边是什么地方呢？老人说："前面，是坟。"小女孩说："不，不，不的。那里有许多野百合，野蔷薇，我常常去玩，去看他们的。"

我理解这个过客的心情，我自己也是一个过客。但是却从来没有什么声音催着我走，而是同世界上任何人一样，我是非走不行的，不用催促，也是非走不行的。走到什么地方去呢？走到西边的坟那里，这是一切人的归宿。我记得屠格涅夫的一首散文诗里，也讲了这个意思。我并不怕坟，只是在走了这么长的路以后，我真想停下来休息片刻。然而我不能，不管你愿意不愿意，反正是非走不行。聊以自慰的是，我同那个老翁还不一样，有的地方颇像那个小女孩，我既看到了坟，也看到野百合和野蔷薇。

我面前还有多少路呢？我说不出，也没有仔细想过。冯友兰先生说："何止于米？相期以茶。""米"是八十八岁，"茶"是一百零八岁。我没有这样的雄心壮志，我是"相期以米"。这算不算是立大志呢？我是没有大志的人。我觉得这已经算是大志了。

我从前对穷通寿夭也是颇有一些想法的。"十年浩劫"以后，我成了陶渊明的志同道合者。他的一首诗，我很欣赏：

> 纵浪大化中，不喜亦不惧。
> 应尽便须尽，无复独多虑。

我现在就是抱着这种精神，昂然走上前去。只要有可能，我一定做一些对别人有益的事，决不想成为行尸走肉。我知道，未来的路也不会比过去的更笔直，更平坦，但是我并不恐惧。我眼前还闪动着野百合和野蔷薇的影子。

反躬自省

我在上面，从病原开始，写了发病的情况和治疗的过程，自己的侥幸心理，掉以轻心，自己的瞎鼓捣，以致酿成了几乎不可收拾的大患，进了三〇一医院。边叙事、边抒情、边发议论、边发牢骚，一直写了一万三千多字。现在写作重点是应该换一换的时候了。换的主要枢纽是反求诸己。

三〇一医院的大夫们发扬了三高的医风，熨平了我身上的创伤，我自己想用反躬自省的手段，熨平我自己的心灵。

我想从认识自我谈起。

每一个人都有一个自我，自我当然离自己最近，应该最容易认识。事实证明正相反，自我最不容易认识。所以古希腊人才发出了"Know thyself"的惊呼。一般的情况是，人们往往把自己的才能、学问、道德、成就等评估过高，永远是自我感觉良好。这对自己是不利的，对社会也是有害的。许多人事纠纷和社会矛盾由此而生。

不管我自己有多少缺点与不足之处，但是认识自己我是颇能做到一些的。我经常剖析自己。想回答“自己究竟是一个什么样的人？”这样一个问题。我自信能够客观地实事求是地进行分析的。我认为，自己绝不是什么天才，绝不是什么奇才异能之士，自己只不过是一个中不溜丢的人；但也不能说是蠢材。我说不出，自己在哪一方面有什么特别的天赋。绘画和音乐我都喜欢，但都没有天赋。在中学读书时，在课堂上偷偷地给老师画像，我的同桌同学画得比我更像老师，我不得不心服。我羡慕许多同学都能拿出一手儿来，唯独我什么也拿不出。

我想在这里谈一谈我对天才的看法。在世界和中国历史上，确实有过天才；我都没能够碰到。但是，在古代，在现代，在中国，在外国，自命天才的人却层出不穷。我也曾遇到不少这样的人。他们那一副自命不凡的天才相，令人不敢向迩。别人嗤之以鼻，而这些“天才”则岿然不动，挥斥激扬，乐不可支。此种人物列入《儒林外史》是再合适不过的。我除了敬佩他们的脸皮厚之外，无话可说。我常常想，天才往往是偏才。他们大脑里一切产生智慧或灵感的构件集中在某一个点上，别的地方一概不管，这一点就是他的天才之所在。天才有时候同疯狂融在一起，画家凡·高就是一个好例子。

在伦理道德方面，我的基础也不雄厚和巩固。我绝没有现在社会上认为的那样好，那样清高。在这方面，我有我的一套“理论”。我认为，人从动物群体中脱颖而出，变成了人。除了人的本质外，动物的本质也还保留了不少。一切生物的本能，即所谓

“性”，都是一样的，即一要生存，二要温饱，三要发展。在这条路上，倘有障碍，必将本能地下死力排除之。根据我的观察，生物还有争胜或求胜的本能，总想压倒别的东西，一枝独秀。这种本能人当然也有。我们常讲，在世界上，争来争去，不外名利两件事。名是为了满足求胜的本能，而利则是为了满足求生。二者联系密切，相辅相成，成为人类的公害，谁也铲除不掉。古今中外的圣人贤人们都尽过力量，而所获只能说是有限。

至于我自己，一般人的印象是，我比较淡泊名利。其实这只是一个假象，我名利之心兼而有之。只因我的环境对我有大裨益，所以才造成了这一个假象。我在四十多岁时，一个中国知识分子当时所能追求的最高荣誉，我已经全部拿到手。在学术上是中国科学院学部委员，即后来的院士。在教育界是一级教授。在政治上是全国政协委员。学术和教育我已经爬到了百尺竿头，再往上就没有什么阶梯了。我难道还想登天做神仙吗？因此，以后几十年的提升提级活动我都无权参加，只是领导而已。假如我当时是一个二级教授——在大学中这已经不低了——我一定会渴望再爬上一级的。不过，我在这里必须补充几句。即使我想再往上爬，我决不会奔走、钻营、吹牛、拍马，只问目的，不择手段。那不是我的作风，我一辈子没有干过。

写到这里，就跟一个比较抽象的理论问题挂上了钩：什么叫好人？什么叫坏人？什么叫好？什么叫坏？我没有看过伦理教科书，不知道其中有没有这样的定义。我自己悟出了一套看法，当然是极端粗浅的，甚至是原始的。我认为，一个人一生要处理好三个关系：天人关系，也就是人与大自然的关系；人人关系，也就是社会关系；个人思想和感情中矛盾和平衡的关系。处理好了，人类就能够进步，社会就能够发展。好人与坏人的问题属于社会关系。因此，我在这里专门谈社会关系，其他两个就不说了。

正确处理人与人的关系，主要是处理利害关系。每个人都有自己的利益，都关心自己的利益。而这种利益又常常会同别人有矛盾的。有了你的利益，就没有我的利益。你的利益多了，我的就会减少。怎样解决这个矛盾就成了广大芸芸众生最棘手的问题。

人类毕竟是有思想能思维的动物。在这种极端错综复杂的利益矛盾中，他们绝大部分人都能有分析评判的能力。至于哲学家所说的良知和良能，我说不清楚。人们能够分清是非善恶，自己处理好问题。在这里无非是有两种态度，既考虑自己的利益，为自己着想，也考虑别人的利益，为别人着想。极少数只考虑自己的利益，而又以残暴的手段攫取别人的利益者，是为害群之马，国家必绳之以法，以保证社会的安定团结。

这也是衡量一个人好坏的基础。地球上没有天堂乐园，也没有小说中所说的“君子国”。对一般人民的道德水平不要提出过高的要求。一个人除了为自己着想外能为别人着想的水平达到百分之六十，他就算是一个好人。水平越高，当然越好。那样高的水平恐怕只有少数人能达到了。

大概由于我水平太低，我不大敢同意“毫不利己，专门利人”这种提法，一个“毫不”，再加上一个“专门”，把话说得满到不能再满的程度。试问天下人有几个人能做到。提这个口号的人怎样呢？这种口号只能吓唬人，叫人望而却步，绝起不到提高人们道德水平的作用。

至于我自己，我是一个谨小慎微，性格内向的人。考虑问题有时候细入毫发。我考虑别人的利益，为别人着想，我自认能达到百分之六十。我只能把自己划归好人一类。我过去犯过许多错误，伤害了一些人。但那绝不是有意为之，是为我的水平低修养不够所支配的。在这里，我还必须再做一下老王，自我吹嘘一番。在大是大非问题前面，我会一反谨小慎微的本性，挺身而出，完全不计个人利害。我觉得，这是我身上的亮点，颇值得骄傲的。总之，我给自己的评价是：一个平平常常的好人，但不是一个不讲原则的滥好人。

现在我想重点谈一谈对自己当前处境的反思。

我生长在鲁西北贫困地区一个僻远的小村庄里。晚年，一个幼年时的伙伴对我说：“你们家连贫农都够不上！”在家六年，几乎不知肉味，平常吃的是红高粱饼子，白馒头只有大奶奶给吃过。没有钱买盐，只能从盐碱地里挖土煮水腌咸菜。母亲一字不识，一辈子季赵氏，连个名都没有捞上。

我现在一闭眼就看到一个小男孩，在夏天里浑身上下一丝不挂，滚在黄土地里，然后跳入浑浊的小河里去冲洗。再滚，再冲；再冲，再滚。

“难道这就是我吗？”

“不错，这就是你！”

六岁那年，我从那个小村庄里走出，走向通都大邑，一走就走了将近九十年。我走过阳关大道，也跨过独木小桥。有时候歪打正着，有时候也正打歪着。坎坎坷坷，跌跌撞撞，磕磕碰碰，推推搡搡，云里，雾里。不知不觉就走到了现在的九十二岁，超过古稀之年二十多岁了。岂不大可喜哉！又岂不大可惧哉！我仿佛大梦初觉一样，糊里糊涂地成为一位名人。现在正住在三〇一医院雍容华贵的高干病房里。同我九十年前出发时的情况相比，只有李后主的“天上人间”四个字差堪比拟于万一。我不大相信这是真的。

我在上面曾经说到，名利之心，人皆有之。我这样一个平凡的人，有了点名，感到高兴，是人之常情。我只想说一句，我确实没有为了出名而去钻营。我经常说，我少无大志，中无大志，老也无大志。这都是实情。能够有点小名小利，自己也就满足了。可是现在的情况却不是这样子。已经有了几本传记，听说还有人正在写作。至于单篇的文章数量更大。其中说的当然都是好话，当然免不了大量溢美之词。别人写的传记和文章，我基本上都不看。我感谢作者，他们都是一片好心。我经常说，我没有那样好，那是对我的鞭策和鼓励。

我感到惭愧。

常言道："人怕出名猪怕壮。"一点小小的虚名竟能给我招来这样的麻烦，不身历其境者是不能理解的。麻烦是错综复杂的，我自己也理不出个头绪来。我现在，想到什么就写点什么，绝对是写不全的。首先是出席会议。有些会议同我关系实在不大。但却又非出席不行，据说这涉及会议的规格。在这一顶大帽子下面，我只能勉为其难了。其次是接待来访者，只这一项就头绪万端。老朋友的来访，什么时候都会给我带来欢悦，不在此列。我讲的是陌生人的来访，学校领导在我的大门上贴出布告：谢绝访问。但大多数人却熟视无睹，置之不理，照样大声敲门。外地来的人，其中多半是青年人，不远千里，为了某一些原因，要求见我。如见不到，他们能在门外荷塘旁等上几个小时，甚至住在校外旅店里，每天来我家附近一次。他们来的目的多种多样；但是大体上以想上北大为最多。他们慕北大之名；可惜考试未能及格。他们错认我有无穷无尽的能力和权力，能帮助自己。另外想到北京找工作也有，想找我签个名照张相的也有。这种事情说也说不完。我家里的人告诉他们我不在家。于是我就不敢在临街的屋子里抬头，当然更不敢出门，我成了"囚徒"。其次是来信。我每天都会收到陌生人的几封信。有的也多与求学有关。有极少数的男女大孩子向我诉说思想感情方面的一些问题和困惑。据他们自己说，这些事连自己的父母都没有告诉。我读了真正是万分感动，遍体温暖。我有何德何能，竟能让纯真无邪的大孩子如此信任！据说，外面传说，我每信必复。我最初确实有这样的愿望。但是，时间和精力都有限。只好让李玉洁女士承担写回信的任务。这个任务成了德国人口中常说的“硬核桃”。其次是寄来的稿子，要我“评阅”，提意见，写序言，甚至推荐出版。其中有洋洋数十万言之作。我哪里有能力有时间读这些原稿呢？有时候往旁边一放，为新来的信件所覆盖。过了不知多少时候，原作者来信催还原稿。这却使我作了难。“只在此室中，书深不知处”了。如果原作者只有这么一本原稿，那我的罪孽可就大了。其次是要求写字的人多，求我的“墨宝”，有的是楼台名称，有的是展览会的会名，有的是书名，有的是题词，总之是花样很多。一提“墨宝”，我就汗颜。小时候确实练过字。但是，一入大学，就再没有练过书法，以后长期居住在国外，连笔墨都看不见，何来“墨宝”。现在，到了老年，忽然变成了“书法家”，竟还有人把我的“书法”拿到书展上去示众，我自己都觉得可笑！有比较老实的人，暗示给我：他们所求的不过“季羡林”三个字。这样一来，我的心反而平静了一点，下定决心：你不怕丑，我就敢写。其次是广播电台，电视台，还有一些什么台，以及一些报纸杂志编辑部的录像采访。这使我最感到麻烦。我也会说一些谎话的；但我的本性是有时嘴上没遮掩，有时说溜了嘴，在过去，你还能要点无赖，硬不承认。今天他们人人手里都有录音机，“君子一言，驷马难追”，同他们订君子协定，答应删掉；但是，多数是原封不动，和盘端出，让你哭笑不得。上面的这一段诉苦已经够长的了；但是还远远不够，苦再诉下去，也了无意义，就此打住。

我虽然有这样多麻烦，但我并没有被麻烦压倒。我照常我行我素，做自己的工作。我一向关心国内外的学术动态。我不厌其烦地鼓励我的学生阅读国内外与自己研究工作有关的学术刊物。一般是浏览，重点必须细读。为学贵在创新。如果连国内外的“新”都不知道，你的“新”何从创起？我自己很难到大图书馆看杂志了。幸而承蒙许多学术刊物的主编不弃，定期寄赠。我才得以拜读，了解了不少当前学术研究的情况和结果，不致闭目塞听。我自己的研究工作仍然照常进行。遗憾的是，许多多年来就想研究的大题目，曾经积累过一些材料，现在拿起来一看，顿时想到自己的年龄，只能像玄奘当年那样，叹一口气说：“自量气力，不复办此。”

对当前学术研究的情况，我也有自己的一套看法，仍然是顿悟式地得来的。我觉得，在过去，人文社会科学学者在进行科研工作时，最费时间的工作是搜集资料，往往穷年累月，还难以获得多大成果。现在电子计算机光盘一旦被发明，大部分古籍都已收入。不费吹灰之力，就能涸泽而渔。过去最繁重的工作成为最轻松的了。

有人可能掉以轻心，我却有我的忧虑。将来的文章由于资料丰满可能越来越长，而疏漏则可能越来越多。光盘不可能把所有的文献都吸引进去，而且考古发掘还会不时有新的文献呈现出来。这些文献有时候比已有的文献还更重要，万万不能忽视的。好多人都承认，现在学术界急功近利浮躁之风已经有所抬头，剽窃就是其中最显著的表现，这应该引起人们的戒心。我在这里抄一段朱子的话，献给大家。朱子说："圣人言语，一步是一步。近来一类议论，只是跳踯。初则两三步做一步，甚则十数步做一步，又甚则千百步做一步。所以学之者皆颠狂。"（《朱子语类》124）。愿与大家共勉力戒之。

难得糊涂

清代郑板桥提出来的亦书写出来的“难得糊涂”四个大字，在中国，真可以说是家喻户晓，尽人皆知的。一直到今天，二百多年过去了，但在人们的文章里，讲话里，以及嘴中常用的口语中，这四个字还经常出现，人们都耳熟能详。

我也是难得糊涂党的成员。

不过，在最近几个月中，在经过了一场大病之后，我的脑筋有点开了窍。我逐渐发现，糊涂有真假之分，要区别对待，不能眉毛胡子一把抓。

什么叫真糊涂，而什么又叫假糊涂呢？

用不着做理论上的论证，只举几个小事例就足以说明了。例子就从郑板桥举起。

郑板桥生在清代乾隆年间，所谓康乾盛世的下一半。所谓盛世历代都有，实际上是一块其大无垠的遮羞布。在这块布下面，一切都照常进行。只是外寇来得少，人民作乱者寡，大部分人能勉强吃饱了肚子，“不识不知，顺帝之则”了。最高统治者的宫廷斗争，仍然是血腥淋漓，外面小民是不会知道的。历代的统治者都喜欢没有头脑没有思想的人，有这两个条件的只是士这个阶层。所以士一直是历代统治者的眼中钉。可离开他们又不行。于是胡萝卜与大棒并举。少部分争取到皇帝帮闲或帮忙的人，大致已成定局。等而下之，一大批士都只有一条向上爬的路——科举制度。成功与否，完全看自己的运气。翻一翻《儒林外史》，就能洞悉一切。但同时皇帝也多以莫须有的罪名大兴文字狱，杀鸡给猴看。统治者就这样以软硬兼施的手法，统治天下。看来大家都比较满意。但是我认为，这是真糊涂，如影随形，就在自己身上，并不难得。

我的结论是：真糊涂不难得，真糊涂是愉快的，是幸福的。

此事古已有之，历代如此。《楚辞》所谓举世皆浊我独清，众人皆醉我独醒。所谓醉，就是我说的糊涂。

可世界上还偏有郑板桥这样的人，虽然人数极少极少，但毕竟是有的。他们为天地留了点正气。他已经考中了进士。据清代的一本笔记上说，由于他的书法不是台阁体，没能点上翰林，只能外放当一名知县，七品官耳。他在山东潍县做了一任县太爷，又偏有良心，同情小民疾苦，有在潍县衙斋里所作的诗为证。结果是上官逼，同僚挤，他忍受不了，只好丢掉乌纱帽，到扬州当八怪去了。他一生诗书画中都有一种愤懑不平之气，有如司马迁的《史记》。

他倒霉就倒在世人皆醉而他独醒，也就是世人皆真糊涂而他独必须装糊涂，假糊涂。

我的结论是：假糊涂才真难得，假糊涂是痛苦，是灾难。

现在说到我自己。

我初进三〇一医院的时候，始终认为自己患的不过是癣疥之疾。隔壁房间里主治大夫正与北大校长商议发出病危通告，我这里却仍然嬉皮笑脸，大说其笑话。终医院里的四十六天，我始终没有危机感。现在想起来，真正后怕。原因就在，我是真糊涂，极不难得，极为愉快。

我虔心默祷上苍，今后再也不要让真糊涂进入我身，我宁愿一生背负假糊涂这一个十字架。

图书在版编目（CIP）数据

人间种种，都是生活 / 季羡林著. -- 北京 : 北京联合出版公司，2020.11

ISBN 978-7-5596-4473-2

Ⅰ. ①人… Ⅱ. ①季… Ⅲ. ①散文集—中国—当代 Ⅳ. ①I267

中国版本图书馆CIP数据（2020）第141618号

人间种种，都是生活

作　　者：季羡林
出 品 人：赵红仕
责任编辑：牛炜征
封面设计：朱　琳

北京联合出版公司出版
（北京市西城区德外大街83号楼9层　100088）
河北鹏润印刷有限公司印刷　新华书店经销
字数167千字　840毫米×1194毫米　1/32　8.5印张
2020年11月第1版　2020年11月第1次印刷
ISBN 978-7-5596-4473-2
定价：55.00元
